细味人间

GUANGXI NORMAL UNIVERSITY PRESS

广西师范大学出版社

·桂林·

徐国能——著

细味人间
XIWEI RENJIAN

策划编辑：张曼
责任编辑：金晓燕
责任技编：伍先林
营销编辑：罗诗卉
封面设计：王媚设计工作室

图书在版编目（CIP）数据

细味人间 / 徐国能著. --桂林 ：广西师范大学出
版社，2022.8
　 ISBN 978-7-5598-5082-9

　 Ⅰ．①细… Ⅱ．①徐… Ⅲ．①散文集－中国－
当代 Ⅳ．①I267

　 中国版本图书馆 CIP 数据核字（2022）第 094627 号

广西师范大学出版社出版发行
（广西桂林市五里店路 9 号　邮政编码：541004）
（网址：http://www.bbtpress.com）
出版人：黄轩庄
全国新华书店经销
广西民族印刷包装集团有限公司印刷
（南宁市高新区高新三路 1 号　邮政编码：530007）
开本：889 mm × 1 194 mm　1/32
印张：6.625　　字数：170 千
2022 年 8 月第 1 版　　2022 年 8 月第 1 次印刷
印数：0 001~5 000 册　定价：58.00 元

如发现印装质量问题，影响阅读，请与出版社发行部门联系调换。

划火柴的人

　　杨绛女士在《我们仨》中讲述了一件往事，说1972年时，他们回到北京，某早上钱锺书自己做了燉猪油年糕，心中得意，却装着若无其事的样子。杨绛吃着，忽然想到："谁给你点的火呀?"（那时炉子还需生火）钱锺书很得意地说："我会划火柴了!"原来这是他生平第一次划火柴，"为的是做早饭"杨绛说。

　　我读过钱锺书很多文章，谈诗论艺，是我学术研究成长的重要依傍，但看到这件事时，想到一代鸿儒竟为此得意，不免莞尔。然而看到书末，杨绛说："我们三人就此失散了。就这么轻易地失散了。"忽然感到无限的惋叹，我不知道在寻常的日子里，当她划亮火柴，尝到年糕，或是每一次的早餐，心中会不会恍然有所感呢?

　　我多数的文章，是写过就忘了，并不是写作时不用心，信笔敷衍的关系;而是每一篇文章所记述的感情或思念，有时碰到伤心处，便不想认真记得。

容易烦恼是我的大病，旁人觉得日子安泰，万应俱足，人生还有什么不满？有时我也这样安慰自己。但回忆常如黄昏的潮水，波声浪影间夹带残晖而来，忽然便有了今昔的感慨：岁月如此倏忽，人间徒然寥落，过去那真纯的自己，那充满追寻的生命，好像在今宵来访又去，徒留黯淡于凉了的茶、半熄的烟或不再能饮下的残酒中。对于无法把握的生命和许许多多情感，有了深切的不安与失落。

　　我不喜欢想起那些往事，但那些往事却仿佛喜欢想起我，一次次将我召唤于他的跟前，与我密谈，触动我的一叹。我只好用文字洗炼那些应该遗忘的旧事，或为了重温一些怀念，也为了逃脱怀念里感情的萦绕，爱过的、恨过的、感谢的、遗憾的……不知不觉便累积成书，自己也非常惊诧。琦君说她童年最怕母亲的"大头牢骚"，我担心我就成了一个"大头牢骚"的发动机，因为中年像根杠子，在未有防备意识时迎头劈来，使人眼冒金星；或中年人又如一杆斜杠，被生活挤得将倾而未倒，勉力维持一种潇洒的平衡。这些时刻，书写是最好的纾忧，人生点滴聚成沙漏里的沙塔，往事堆积为脆弱的形状，轻轻一摇，便不识昨日我或今日我了。

　　我的这些文字能与读者见面实在是很感怀的事，阅读对我来说总是一种奇异的缘分，在一个信息大传播的时代，我们永远无法预料下一刻会读到谁的文字，会感动于哪样的心情；同样我也无法预知，哪一位读者会翻开我的书页，因某一行字发笑或沉思。我觉得这种相遇，隔海、隔空甚至隔着时间，比真正的相识更加动人。而我更想听听，每一双拿起这本书的手有着怎么样的故事，是在多么偶然的机缘下，人间心灵忽然有此交流。

我们这个时代，似乎已很难见到火柴了，我不知道自己是否还会擦亮一点火光，用那短暂的几秒钟，点一支烟，或是升起一炉足以料理一餐的火。我想，写作这件事，一如划火柴，用手亲造出一朵充满光与热的花，然后用它带来种种生活，甚至是幸福的想象。我不记得最初的写作是如何开始的，这本书里有一些追忆，但即使是我自己重读，也深深觉得印象非常动摇，有些事情在刚发生时，总觉得微不足道，无须怎么特别标志；但日后想起来，尤其是惊觉人生并不比一支火柴要漫长太多的时刻，我便对最初的心有了一些怀念，但究竟是怀念什么？茫然自问，似乎也无法真正知道了。

2022年5月于台北

辑一　一片祷告一片恩宠

饮食小记　　　　　　　　　　003

咖啡匙舀走的生命　　　　　　016

捷运终点站　　　　　　　　　019

摩天楼　　　　　　　　　　　022

旧事零星　　　　　　　　　　025

雨天美术馆　　　　　　　　　028

夏日球场　　　　　　　　　　031

打点 1000 分　　　　　　　　034

电话亭　　　　　　　　　　　037

买菜　　　　　　　　　　　　040

缄默者　　　　　　　　　　　043

初爱　　　　　　　　　　　　045

人日   048

校园／文学的辩证   052

无可悲哀   055

不信青春唤不回   058

向学记   064

辑二　草莓时刻

人生的诗行   075

夜雨   078

草莓时刻   081

花落无忧   084

木头心   088

人生原是僧行脚   092

葡萄叶绿   095

烟   098

论寂寞   101

时节清和   104

曾经向往的一种自由　　　107

燕子　　　111

情味　　　115

寻常　　　118

蝉的话　　　121

爱与烦恼　　　124

聊天　　　127

Say Goodbye To The Crowded Paradise　　　130

秋来相顾　　　133

故侯瓜，先生柳　　　136

辑三　花间一壶酒

兴·味　　　141

火车和橘子　　　147

高尚的心　　　150

黄昏的风里　　　153

花间一壶酒　　　156

藏书偶记   159

物情   162

无一语，答秋光   165

弈林   169

养和   172

种竹   175

影音岁月   178

一日   186

回忆   191

却顾所来径   194

橄榄树   197

辑一

一片祷告一片恩宠

饮食小记

茫茫复茫茫，不期再回首。倾渡彼世界，已遄回首处。

厨房的故事

童年的厨房是公寓一楼向后面山角荒地延伸出去的半违章建筑，后门一开是母亲养鸡的小院，有棵从不结实的木瓜树；屋顶是塑料浪板，阳光好时不必开灯也很亮，一架简陋的洗槽，一台两口的瓦斯炉，一家的生活就从这里展开。

清晨透亮的阳光中是父亲上工前炒蛋炒饭的香气；下着雨的黄昏是我坐在小板凳上，或许帮忙择空心菜，或许是掐黄豆芽的时光。随着单调的雨声，时间那么悠长，日子那么简单，春日有自摘的香椿芽炒蛋，初夏是几大盆粽叶、糯米与腌在酱油里的猪肉香；秋天里手揉的南瓜馒头或冬天时全家一起包起来的瓠瓜水饺。小小的厨房是一年四季，是清贫时代的朴素与现实，食物的香气与家人的笑语让它充满沉静而从容的辉光。

婚后有了自己的家，如何改装北市旧公寓里三坪¹空间的小厨是最需费心的。妻不喜欢阴暗，我希望没有阻隔，我们将一面外墙砌上玻璃砖，企图透一些光影进来；地砖与系统柜用明度与对比鲜明的颜色；在众人的反对声中打掉室内墙，用一张小吧台代替餐桌，勉强算是厨房与客厅的分界。

　　那是新婚生活的浪漫，长辈们总担心厨房这样敞开，油烟势必弥漫全家。因此我们摒弃了煎、炒、炸，而多采取烫、炖与蒸这些比较简单少油的料理方式。每天黄昏，闲坐桌边，一碟茶蒸豆腐，一碗马铃薯炖肉，一盘淋上橄榄油的烫青菜或芦笋，再配一杯冰啤酒与孟德尔颂²的《无言歌》，一天就这样安逸地消沉下去了。

　　曾有经济学家鉴于都市生活过于繁忙，许多都市家庭以外食为主，厨房成为最浪费的闲置空间，因而主张设计一种没有厨房的家屋，以达到更经济的空间利用。细思这个概念不无道理，分工细密的时代，一日所需都已假手他人，厨房这象征亲手调制、自我斟酌的操作概念，或许已和"夜雨剪春韭"或"洗手做羹汤"这类古典风情一同渐成陈迹了。但厨房真的只是一个烹煮食物的场所吗？

　　日前H教授送我一台她夫家代工的手动式意大利切面机，

1　土地或房屋的面积单位，1坪约合3.3平方米，我国台湾地区常用。——编者注
2　大陆普遍译为门德尔松，19世纪德国作曲家。——编者注

妻女买来了杜兰小麦粉，我们一家三口在小厨房堆出面粉山，打下鸡蛋，拌入橄榄油和玫瑰盐，渐渐糅合成丰软嫩黄的面团，擀成面蛇后推入机器，有韵地手摇转轮，螺旋状的意大利面就纷纷落在了大瓷碗中。孩子对自己制成的面惊奇不已，窗外暮色低垂，我想在此刻，多少厨房捻亮了晕黄的灯，多少炉头温暖了疲倦的心。飞扬的面粉与西红柿肉酱熬出的香味，使我突然想起了遥远的童年时光，原来厨房不只是一个烹调空间，而且维系着人对家的情感与记忆。平凡的人间烟火无可取代，正是因为幸福真正的滋味就在其中。

荸荠

荸荠，音"鼻其"，学名Eleocharis dulcis，是多年生的草本植物，长在水田或池塘水浅处，其叶青葱耿直，我们吃的原是它埋在地下的球茎，母亲从来就说那是"菩荠"。

把荸荠写得最好的是汪曾祺，在《受戒》那篇小说里，小和尚明海就住在"荸荠庵"，书里讲到摘荸荠的事：

> 荸荠的笔直的小葱一样的圆叶子里是一格一格的，用手一捋，哔哔地响，小英子最爱捋着玩，——荸荠藏在烂泥里。赤了脚，在凉浸浸滑溜溜的泥里踩着，——哎，一个硬疙

瘩！伸手下去，一个红紫红紫的荸荠。

　　小和尚就这样和小英子摘着玩，竟而产生了情愫："她挎着一篮子荸荠回去了，在柔软的田埂上留了一串脚印。明海看着她的脚印，傻了。五个小小的趾头，脚掌平平的，脚跟细细的，脚弓部分缺了一块。明海身上有一种从来没有过的感觉……"原来采荸荠竟是这样诗意，好像一幅还湿着的水彩画。

　　荸荠不仅优美，更是好吃。在广东馆子吃完正餐，再来一块马蹄糕，就着半温的普菊随意聊上一刻钟，那是很惬意的事。马蹄是荸荠的别称，将荸荠粉撞入和了油的糖水，搅匀后蒸个十几分钟就是这道风味佳肴了，嫩软的糕里最好要有几丁荸荠粒，好像是粗心的厨师磨粉时不慎使然，但这却添增了一些原本属于它的民间风味，更能衬出其口感的独特。

　　一面吃着糕，不免要想到了那遥远的诗：

　　　　送她到南方的海湄
　　　　便哭泣了
　　　　野荸荠们也哭泣了

　　喜欢附会的饶舌人说诗是"一去无消息，那能惜马蹄"，或是"红烛自怜无好计，寒夜空替人垂泪"，这都是胡扯。超现实主义的野荸荠原是生长在我们心里的，那浅水处的意念，那清冽的气息像夏秋之交的一个黄昏，或是东方的神秘主义那样孤独而遥远。

我最不能忘却的是儿时母亲买回来一大盆带土的荸荠，我们把它洗得红亮红亮，削去皮后相当洁白，忍不住一口咬下，生的荸荠多汁可口，凉凉的、粉粉的，很涩的甜味在舌上转了一圈便永远留在心里。

黄昏时，切碎的荸荠就着绞肉、鸡蛋、葱姜细末等揉成大肉丸，裹一点粉，"喳"的一声扔进油锅，煎黄了再烩下高汤酒糟，待浓郁的香气充满厨房，再焖一下便是红烧狮子头了。现在餐馆里的狮子头多肥且油，为了健康因素不能多吃，而且不知为何，荸荠放得少，一面吃了，想到的还是那诗：

> 而且在南方的海湄
> 而且野荸荠们在开花
> 而且哭泣到织女星出来织布

如果说生命是一条长河，流过许多的地方，那么一定有什么地方，是在归向大海时让你特别留恋的。我想我或许会说，在那荸荠叶葱茏的秋水浅岸，夜空里的故事是使人怀念的；或是在那甜得令人回忆起便感到痛苦的滋味中，我们渐渐懂了世界虽然无情，但也有待我们不错的一些时候。

给我一块糕

《儒林外史》里有一则每看必为之绝倒的故事，整段抄录在这里：

> 严贡生坐在船上，忽然一时头晕上来，两眼昏花，口里作恶心，哕出许多清痰来。来富同四斗子，一边一个，架着膊子，只是要跌。严贡生口里叫道："不好！不好！"叫四斗子快丢了去烧起一壶开水来。四斗子把他放了睡下，一声不倒一声的哼。四斗子慌忙同船家烧了开水，拿进舱来。严贡生将钥匙开了箱子，取出一方云片糕来，约有十多片，一片一片，剥着，吃了几片，将肚子揉着，放了两个大屁，登时好了。剩下几片云片糕，搁在后鹅口板上，半日也不来查点。那掌舵驾长害馋痨，左手扶着舵，右手拈来，一片片的送在嘴里了。严贡生只作不看见。
>
> 少刻，船拢了马头。……船家、水手都来讨喜钱。严贡生转身走进舱来，眼张失落的，四面看了一遭，问四斗子道："我的药往那里去了？"四斗子道："何曾有甚药？"严贡生道："方才我吃的不是药？分明放在船板上的！"那掌舵的道："想是刚才船板上几片云片糕？那是老爷剩下不要的，小的大胆就吃了。"严贡生道："吃了好贱的云片糕！你晓得我这里头是些甚么东西？"掌舵的道："云片糕无过是些瓜仁、核桃、

洋糖、面粉做成的了，有甚么东西？"严贡生发怒道："放你的狗屁！我因素日有个晕病，费了几百两银子合了这一料药，是省里张老爷在上党做官带了来的人参，周老爷在四川做官带了来的黄连！你这奴才！'猪八戒吃人参果，全不知滋味'！说的好容易！是云片糕？方才这几片，不要说值几十两银子，'半夜里不见了轮头子——攘到贼肚里'；只是我将来再发了晕病，却拿甚么药来医？你这奴才，害我不浅！"叫四斗子开拜匣，写帖子："送这奴才到汤老爷衙里去，先打他几十板子再讲！"掌舵的吓了，陪着笑脸道："小的刚才吃的甜甜的，不知道是药，只说是云片糕。"严贡生道："还说是云片糕！再说云片糕，先打你几个嘴巴！"

这个故事一方面说明了云片糕的原料，一方面也说明了糕是不能随便乱吃的。

糕的甜，糕的软，糕的香，让它成为造得最好的汉字之一，虽然是一个普通的形声字："从米羔声"，但那用米当原料，用火在底下蒸炊，并有层层松软口感的形象，实在是很鲜明动人的；上面那两点，可以是樱桃或草莓，也可以是两根小蜡烛，这是天才与美食家造出来的字。人人都是糕的俘虏，这是《儒林外史》中这位小气的严贡生奸计能得逞的主因，如果他的"药"是几枚黑仁丹，那害馋痨的船夫大概是不屑一顾的。

西洋的蛋糕是很重视视觉感受的，所以各式蛋糕都很注意外观装饰。以前开在我的母校龙安小学那里的"花旗蛋糕"是艺人唐琪的名店，小学时每天走过，里面各式花样的蛋糕模型真是充满巧思。我从小的梦想就是能有一个这样的蛋糕来过生日，但真的有了，又怎舍得吃呢？相对来说，中国的各式糕点比较重实际，所以外表多半朴素，内涵却很扎实。在我生命里留下无穷滋味的糕点，除了过年时的红糖年糕与切片煮成甜汤的宁波白年糕外，我最喜欢的是这几种：

马拉糕与伦教糕

以前我们大学的后门那儿，到了晚上会来一辆小车，车上满载蹲在蒸笼里的各色小点，如果正好手头宽裕，我会去买一块黄澄澄的马拉糕，就着香香的热气吃了它，虽然并不济饱，但那独特的香味与蒸笼掀开时的氤氲，好像魔术一样可以将人带去一个幸福的片刻。

马拉糕其实只是比较古朴粗糙的蛋糕，原料也就是蛋、糖、奶水和面粉，但因是蒸热现吃，特别使人有温存之感。"马拉"据说是广东人对"马来"的误读，不过同样是广东点心，我似乎更喜欢一种较不普及，但也常被人误读的伦教糕。

去店里买伦教糕，结账的小姐特别说，这是"伦教糕"不是"伦敦糕"喔，真是热心。伦敦是英国的大城，扬名四海；伦教是广东顺德的小乡，说起来没什么人听过，不过这个软弹黏香的点心，实实在在是出自伦教，结账小姐说得没错！

伦教糕是用白米浆加了酵母，发酵后蒸成的白糖糕，和一般面粉发酵食品吃起来口感完全不同。微甜的糕体带些轻微的米醋香，一点微酸正是发酵食品最独到的风味；嫩白的糕体充满蜂巢状小格，那是炊蒸过程中热气将小气室冲开的结果，这种结构吃起来软中带弹，黏而不粘，勉强比喻，和法国甜点可丽露有一点像。

伦教糕相当实在，没什么装饰，亦不必另加佐料便可食用，这种发酵米食非常好消化；深夜疗饥、午后清谈，吃一点这糕是很好的。可惜伦教糕难于保存也不好行销，近年便带着这种古朴的风味在当代日渐式微，贩卖这种糕点的店愈来愈少，我从没在什么大饭店或高级餐厅里看到过这种糕点。

我们小时候都说这是"伦敦糕"，不为什么，一来觉得它有那么一点古老的异国风味；二来不是有首歌说"伦敦铁桥垮下来"吗？好像那桥竟是用这软糕搭成的！夜里配着英式香草茶，一面吃糕一面写作，不觉便想起难得有糕的童年，在此当下，我满希望它就能叫 London Cake，因为那样便永远地连接了我儿时的回味了。

茯苓糕与龟苓膏

陪母亲到长庚医院拿药，医院旁边的小摊不少，那个卖茯苓糕的特别吸引我，听说茯苓对老人和心血管疾病患者有益，即刻拿了一条红豆、一条绿豆的和母亲当街分食，糕还温热，带着湿湿的水汽，细致绵密的口感，的确是茯苓糕所独有的。

顾名思义，茯苓糕是以茯苓粉和米粉、糖粉，不添水、不发酵所炊成的小点心，因此口感以柔细取胜，缺点是容易干燥，不能久放。

日前作研究论文，读到了一则诗学批评，金朝的元好问说："夫金屑、丹砂、芝术、参桂，识者例能指名之，至于合而为剂，其君臣佐使之互用，甘苦酸咸之相入，有不可复以金屑、丹砂、芝术、参桂而名之者矣。"大意是说作诗要善于融化典故，使读者有所感悟，但不知此感悟是来自诗中何典何故。诗评中提到的几种中药，其中的"芝术"，就是灵芝和白术，"参桂"当指人参与肉桂，我们所熟悉的"四君子汤"，就是：人参、白术，再加上茯苓与甘草，可见茯苓是很好的东西，是君子，温和营养，即使化成甜糕，也必有祛弱益脾的功效。

深夜读到这一则诗评，心中想起的是雪白绵密的茯苓糕，不晓得元好问的时代有没有发明这么好吃的甜点。

茯苓还能做成另一道好吃的药：龟苓膏。

调了纯蜜的龟苓膏有妙不可言的滋味。小时候不易吃到，大人视之为珍品，我嫌苦，顶多愿意喝一匙碗旁的蜜水，但中药味浓得刺鼻。长大后才慢慢能体会苦苦的药味中，藏有一缕清幽之甘。严格说来，龟苓膏应是一种药物而非食物，不过在我看来，中医里把万物都视为药，万物皆有其药性药理，因此药物与食物也就没有区分了。

龟苓膏以前是皇帝、娘娘吃的保健食品，现在是平民化的小吃，有传统的小店还是用小瓷坛蓄着，要吃时倒扑在白碗里，那黝黑如墨的一坨颤颤巍巍，淋上一些金色甘蜜，冷热吃其实都好。和仙草、爱玉、布丁、果冻这类半凝胶状的食品相比，龟苓膏特有其更胜一筹的弹韧口感，而以"苦"为其滋味的根本特色，似也比这些甜腻的食品更具一种高格。

有时我会看到误将"膏"字写成"糕"，虽然口感或可联想，但龟苓膏和前面三种糕不同，它是不加米粉、面粉的。炙热的夏天，能在向晚时分的风里，光着膀子吃一碗冰凉的龟苓膏，退去溽暑的烦躁，对苦思甜，许多人间的恩恩怨怨好像就不必太计较了，我想清凉世界大概就是这样吧？

鼎泰丰的千层油糕，奥地利餐厅的萨尔斯堡松糕，都是值得品尝的美糕。糕是人间永远的温柔，还记得那首歌吗：摇啊摇，摇到外婆桥，外婆说我好宝宝，给我一块糕。那块人间最甜最香的，究竟是什么糕呢？

苹果面包

人生像一条小船，过眼的风景虽然令人留恋，但随着悠悠流水，那美好的一切终将渐行渐远而至消逝在视线之外，"唯见长江天际流"，是选在初中课本里，阐述人生最深刻的好诗。所以当我们在这只能向前的一路上，偶尔竟能遇上一些似曾相识的风景，微微的欣与悲长在波心荡漾不已。

我逐渐有一种体会，年纪愈长，世界所能给予的快乐就愈少，习惯于淡漠后，也许就是古人说的"境界"那回事了。因此真正的快乐，唯有在童年才发生，后来的岁月纵有开怀，但不免世故了一些。在我的童年中，"苹果面包"的确是紧紧牢系着那无与伦比的快乐的。

什么时候吃苹果面包呢？儿童节的前一天。校长温和地在朝会上祝大家身体健康、学业进步及儿童节快乐之后，带队回教室就是发苹果面包的时刻了。值日生已从合作社抬来蓝色塑料箱，老师一声令下，我们很快就分到了面包。那面包一片六块共两片，装在一个有封口拉链的透明塑料袋里，外面用红字印着"苹果面包"，一起发下来的可能还有一张垫板吧，都是教育局局长送的礼物。在那一刻，我感到自己是如此隆重地受到尊敬与款待，也因此曾在那一刻立志好好读书，长大后报效国家。我不像其他同学总是现场吃光，我要将面包与垫板带回家，等到明天儿童节的到来，才慎重地一面写功课一面吃面包，其乐也无穷。

轻轻剥下一块，滑滑的表面，淡淡的苹果香，甜甜酥酥的滋味，我是那沉溺在幸福漩涡里的小舟，苹果面包像是一朵有十二瓣的花，我一一吃光它们，一面惋惜美好是如此短暂，一面立志要做一个伟人。儿童节的美好就这样轻轻地擦拭了我的心，为了这个节日，为了这种心情，我不想长大。

日前在便利商店，意外地发现了新包装的苹果面包，滋味和旧时的月色一般清亮，但一回首就是半个人间了。大多数的时候，人生是隔着浅浅一条小河的。而"苹果面包"，正是让我往渡其间的小舟。慎重地将面包买回家，唤来妻子共享，儿童节的幸福与那早已淡出政坛的教育局局长又回到我的心中，有一则偈语也许可以诉说那滋味所带给我的感想：

　　　　茫茫复茫茫，不期再回首。倾渡彼世界，已返回首处。

咖啡匙舀走的生命

我用咖啡匙舀尽了我的生命。

近几个月，行经和平东路编译馆附近时，我总是向一个熟悉的墙角张望。原先那有一位推着小车，卖手冲咖啡的残障老人，他亲切善良，举止潇洒，"花神"咖啡无比香醇，是人间一道温暖的风景。可惜不知何时，他与咖啡小车同时消失，只留下一片无言的墙角与我对"花神"的无限回忆。我还记得，有时我买了咖啡去学校，一进电梯，所有认识与不识的人都忍不住说好香，那也许是包含老人不向命运低首的"德馨"吧。

咖啡已是这个时代的标志，我的同事或朋友中，有的不抽烟，有的不喝酒，有的不结婚，或结了婚不生小孩，正是所谓的"各有坚持"。不过却很少人不喝咖啡，套一句政治术语，咖啡是彼此的"最大公约数"，即便是长期失眠患者，总还是奋不顾身投入那黑色沼泽当中。

咖啡带来什么呢？是感官瞬间饱满的刺激，也是近乎幽默的黑色灵感。对大多数的人而言也许是片刻的小憩；但我发现咖啡已经成为商业社会的人际礼仪之一，谈生意的人往往要摆杯绝望的咖啡在文件堆雪的桌上点缀一下，直到它寒凉成与数字相同的冰冷也不喝上一口。

就我个人来说，咖啡总是为我带来不少生命的灵光，赋予我另一个灵魂。听到了上课钟才匆匆从咖啡馆跑进教室的那堂课，进度一定落后，不过笑声会比较多一点，刚才的那一小杯咖啡让思想活跃了起来，面对同样的作品，似乎可以产生超乎以往的感受和联想，而且更有乐于分享的心情，东扯西拉，讨论作品变成轻松与欢乐的漫谈，这是我真正神往的文学课。我最近发现，小笔电普及后，在咖啡馆遇到写文章的同事也比图书馆多，我想不仅是因为咖啡馆的气氛轻松，同时也是因为一杯甘醇的咖啡，能为文章带来更多的香气吧。试想如果当年嵇康、山涛之流在竹林里或柳树下，撩动袖袍啜饮的是一盅蓝山或曼特宁，那么中国思想史的那一页会不会更加深邃灿烂呢？

我是上大学后才喝过真正的咖啡。儿时的咖啡只有一种，就是"雀巢速溶咖啡"，那是一个有大红塑料盖的玻璃罐，咕噜咕噜转开后焦苦的香气至今记忆犹新。不过那多半是客人送来的礼盒，我的父母不喝，我们闻着香，也不敢喝。后来有了单包装的"三合一"或罐装咖啡，那大红盖便日渐没落了。上大学后，待在咖啡馆的时间远比图书馆多，这才知道一杯好咖啡是如何煮成的。那时与同学清谈终日，大量的咖啡终于使我们成为昼夜颠倒、思想激进的愤世青年。我浮沉在杯中的领会是：人生最值得活的一刻，不在什么功成名就之时，而应该在饮尽最后一口微温的咖啡，望向窗外，晴空悠悠，暮色与人生都很遥远的当下。

后来我开始自己烹煮咖啡，一半是省钱，一半是附庸风雅。慢慢将豆子手磨成粉，浅浅地加热，深深地谈心，夫妻生活倏忽这样也过了十年。艾略特（T. S. Eliot）在他那首意味深远的长诗《普鲁弗洛克的情歌》（*The Love Song of J. Alfred Prufrock*）中说："我用咖啡匙舀尽了我的生命。"（I have measured out my life with coffee spoons.）没有错，人生能经得起几匙的咖啡呢？

为了让咖啡的年华更加灿烂，我送了一个英国瓷杯给妻子。纯白的瓷上绘着蓝色的中国风情画，应该就是《柳景盘》里的那个爱情故事。瓷绘笔调古拙：东方的柳林，佛塔的飞檐，拱桥上的行人与小舟，眼看就是江流天地外了，多少的情意却成了有无中的山色。我不知道我们将在那样的意境里漫汗多少晨昏，但生命是应该虚度的，因为那样才美，因为平浅的咖啡匙纵能缓慢舀尽人生，但实在是无法盛起太多的真理或人间积极的意义。

捷运终点站

刻骨相思自不磨。

秋色旖旎，春光缠绵，两年来看遍了昼与夜的窗景；当初努力发芽的秃木如今也已绿叶扶疏，韶光总在不经意间化为烟火化为流水化为记忆，又经常借着种种纤细的意象提醒我岁月的流逝。人间总有太多匆忙的行旅，进站、出站间，谁又能在哪一方泥土上留下永恒的足迹，或者剪取所谓刻骨不磨的相思？

前两年每周数次往返淡水上课，去时一路检点参差的楼、凌乱的街与静默不语的青山，回时在零落的夜灯中做着极浅的梦。淡水捷运站对我而言是一个必然行经的出口与入口，在概略的认识里，"淡水站"无论在硬件结构或是经济、文化乃至于交通的意义上，都远远比不上"台北车站"那么复杂深沉。"淡水站"只是红线的终点而已，主要的腹地是一条搽脂抹粉的半老旧街，稍远的想象则是极度人工化的观光景点渔人码头。淡水站从未引我驻足，总是倏忽而来，疾驰而去，它只是一个"站"而已，而"站"的本身就是片刻的驻足，在意象上是给旅人、浪子或是过客的，不是归人。因此一个"站"，只要有适于等待的站台，方便转车的指引便足够了，在过去的印象里，淡水车站没有终点的荒凉感，也没有起点的兴奋之情。

离开了淡水的工作后，我几度重游旧地，捷运站依旧庞大。或许因为不是假日，捷运站少了游人的笑语，也不闻各式活动的喧哗，寂静中我感受到淡水捷运站另有一种难以言喻的况味。

第一次在天气晴朗的正午时分，有蓝天无云、青山无尘的好视野，车站的后侧就是悠悠河岸，信步其间，小小的潮汐轻拍树荫下午觉的梦，一群老人在巨大的榕树下写生。顺着他们的视野望向真实风景，远处艳红的关渡大桥与对岸的楼房都仿若云端，亦真亦幻，我这才惊觉他们布局安详、笔法寂寞的画面，那似乎并非写生，而是近于对理想世界的描绘，又像是对不忍的红尘做回顾的一瞥。淡水捷运站的性格在此展露，从地底到地面，从繁华而萧瑟的漫长行程就像一个巨大的隐喻，终点处一水横隔，无论回首或是眺望，都是人生最世故也最单纯的眼神。而终点适合等待，老人们轻语着收拾画具，等待渡轮缓缓靠岸，缓缓地远离，他们可能要去另一个地方写下此地风景，船后的水波很快平静，继续向海奔流。

最近去淡水则是在斜风细雨的下午，出站后是一片江阔云低的秋景。仍是顺着堤岸走，午潮悲涌黄浊的泥色，烟水缭绕的尽头，一只白鹭鸶兀立于奇形的漂流木上，正不耐烦地刷梳着湿亮的雪羽，野渡无人，关河冷落。远处传来列车开走的隆隆声，我感到自己被遗弃在一个慌张的梦境里，再也无法回到过去的世界。鲁迅曾说他"在年青时候也曾经做过许多梦，后来大半忘却了，但自己也并不以为可惜"，而我在两年往返淡水的途中，也做过无数的梦，如今亦是了无痕迹。只是每次醒来时，总想追踪着梦里线索企图在现实中找到一些解答，不过都是徒然而已。因此我渐渐体会到，所谓旅程，在某种意义上来说大约就是追逐着自己也不解的梦吧！而渐晚的淡水站就像一个巨大的巢，孵着所有旅人的梦，随着班车的到来与离去，有些才要开始，有些已然结束。而我望向远处的浅滩，歇倚舟楫是谁搁置的人生，浮天沧海也曾是这些舟楫的梦吗？

江天暮雨，白鹭鸶振翅远飞，留下风雨的沙渚。偶立在悄然的岸上，我第一次感到捷运终点站与自己的心是如此贴近如此荒凉，像那只白鹭鸶曾驻足的漂流木那样，横斜在黄昏的边境之外。

摩天楼

登楼欲尽伤高眼，故国平芜又夕阳。

　　望向窗外，深秋的天空在黄昏里淡成极浅的蓝色，晚云镶在澄明的天上，仿佛正在静静俯望缓慢移动的车阵与渐次明亮的楼灯，台北盆地的薄暮是流质的风景，绿树灰楼，黑河暗山，像浓郁心事融化在一杯苦茶的滋味里，所有的意象都商略黄昏，欲语而无。

　　在火车站前的新光大楼还是台北最高建筑物的时候，我曾经也在这样的时刻登临眺望。据说从高处俯瞰大地，总会有不同于平常的深刻感触，一部分来自在俯瞰中惊觉了生活范围的稠密狭窄，并相对于辽夐大空而体认了人类生命的藐小，因此不免感叹整日汲汲营营的可哀可笑。另一部分则是来自人类僭用了上帝的视野，看清人子费尽万年心力所营构的生活形态，其实无异于蚁冢蜂巢的盲目，亦不免在可哀可笑后产生同情，进而产生静安所谓"可怜身是眼中人"的觉悟。因此高楼总给它的登临者予雄浑的悲怆，予无尽的哀怜，予智者忽现的灵光，予愚者片刻的憬悟。而所有的人子，在品味了那样的瞬息之时，不免产生片刻的肃然与缄默，无言独上高楼，那是悲剧的永恒象征。

自家中的客厅侧望，可见那拥有几项世界之最的台北一〇一大楼，在夜幕低垂时点亮了她自己，这时我便觉得台北一〇一大楼就像一支巨大的芯，整个台北盆地的文明生活就是蜡烛微凹的顶端，都在她荧荧的幽光中融为液态，乃至于缓慢地氧化为亘古的记忆，散入茫茫的时间之风。有时我不禁悲观地想，未来的台北，大约都要生活在她以绝对高度所形成的阴影下，她将成为文学描写的对象，影视捕捉的焦点，具体占有我们的视野与记忆，成为台北最坚定的风景。以往怀乡的游子可以梦寐植物园的荷池、龙山寺的香火与阳明山的花季，但未来在异地回首的台北人，必然在脑海中浮现一柱擎天的一〇一大楼，以及她冷冷表现的都市文明，也因为太过简明的意象，所有人或也可能丧失一些更复杂的怀旧与感伤。

但我们为什么非要怀旧与感伤呢？

据台北一〇一的建筑团队表示，一〇一大楼企图改变近世以西方建筑为唯一美学标准的态势，这栋现代化的摩天楼并不展现西方当代建筑所强调的纯粹之美，在外形上，采取了我国重视象征的传统，以节节高升的竹状环节来叙述；在表面上则借法于东方强调装饰性的布置，天圆地方的铜钱，如意的图案，都被贴在大楼翠绿的外墙上。

公元七五二年，大唐天宝十一载，杨国忠为右相，安禄山统精兵击契丹、降突厥，唐朝国势在此际达于巅峰。布衣诗人杜甫，是秋黄昏，在长安登上标高六十四公尺的大雁塔，信笔写下叹时忧国的诗篇："秦山忽破碎，泾渭不可求。俯视但一气，焉能辨皇州?"三年后，安禄山的渔阳鼙鼓便动地而来，惊碎了天子的霓裳羽衣曲和平民的升平盛世之梦。于今我还不曾有机会登上一〇一，上一次从新光大楼之顶临眺大千，稠密的都市的确使我感到生存竞争的可笑可哀。那时晴空无痕，落日的余晖正涉过淡水河朝北城逼来，瞬息间似已占领所谓的繁华……面对如此壮烈的风景，那时我的心几乎是"肃然的缄默"了。

旧事零星

整个下午是那株黄檀树的独奏会。

世界每天以一种惊人的速度在滋长，在改变，新产品、新观念、新技术创造了新文化、新价值，生活像一部快速播放的科幻默片，泽竭楼起，山平路开，发光的文明正向银河深处节节进逼。而为保持她队伍一致的整齐，世界经常小声催促，教我们微微加快步履或轻踩油门赶上那轻易衰老的流行。在疲惫的时候，我总是特别眷恋落在时代前进队伍后的旧事旧物，这些旧事旧物像记忆永远停格在某一个时空里，以"不变"来印证存在的奥义，并以极谦卑的渺小来否定所谓"进步"这件事的存在。

在我工作的学校一角，六棵高大的黄檀木身后是清荫的低廊小舍，风和日丽的天气，阳光透过枝叶筛落下来，特有一份与世无争的闲情；有时冬暮在此小伫，往来行人的大衣、前方不远处的红绿邮筒，都在夕阳中剪成毛边印象。而这树荫还掩映着一片合作社，十坪大小，旧式的铁架、以国产居多的商品及洗衣精与卫生纸混合的气味，整体氛围仿佛是沉淀在都市底端的梦境，有着永远不被搅扰的安详。

我偶尔在此经过，有时帮妻子带瓶酱油回家，朦胧的气氛中总使我想起学生时代的合作社。

中小学时代的合作社都在地下室，铁栏杆后是玻璃柜台，很凶的售货阿姨背后是一排高高的天窗。近年每当读到郑愁予的名诗"或许，透一点长空的寂寥进来"，脑海中便浮现了那样灿亮的窗户与愠怒的售货阿姨。小学合作社卖些什么大都不复记忆，唯独只卖一元的麦芽糖与萝卜干例外。小塑料袋内的白色麦芽糖洒满花生粉，难融而黏牙，对正在换牙的低年级生是严峻的挑战。又舔又咬，足以度过三四个口水淋漓的下课时光。而咸中带辣的萝卜干三两口就可以吃完，但可能要喝光整水壶的开水才足以解渴。中学时代的合作社最大的突破是开始贩卖现煮热食，我喝下生平第一碗米苔目就在此地。只是那狭小阴暗的石室，喧哗拥挤的场面始终让人有点厌惧，一群剃着平头的男生或留着西瓜皮的女生，争嚷着要一碗食物，然后站立在墙边捧着绿色的亚克力碗，眼神呆滞或嘘或唏地想赶在上课钟响前喝完滚烫的汤汁。不知为何，这样的场面总让我感到绝望，深深觉得人之所以为人的尊严，都在这一连串的动作中被磨损殆尽。我们的教育，经常用这种暴力的方式夺取人在心里对于自我的高视，领略自身如此卑琐平凡，然后默默同意他人剥削践蹋。后来读到鲁迅的小说《孔乙己》，说孔乙己是"站着喝酒而穿长衫的唯一的人"，中学时代站着喝汤的记忆让我对孔乙己有了多一分的同情，也对鲁迅捕捉人物处境的小说艺术有了更深的钦佩。

我的高中坐落在郊野之间，师生全体住宿，俨然是一"军队"。合作社在一座小土岗上，一排枫树与人高的矮墙后，那栋木板搭的老屋就是我们每日的圣地了。简陋的木桌矮椅颇有水浒风味，夏天的粉圆冰与冬天的炒面大约是高中最美丽的记忆之一，远胜在此邂逅校花之类的澎湃情怀。据说合作社的后面有一条通往校外的小径，有人从此来去自如，那总让上完体育课在此喝汽水的我，有了一些平白的悠然想望。

逝去的童年与感伤的青春，像坐落在校园一角的合作社那样渐渐被新时代淘洗得近乎遗忘了。现代化的大卖场与精致的超市，轻易满足我们生活里必要或不必要的欲望，商业社会总是如此，最擅长以供应来创造需求。但有时我会想起诗人所说，"整个下午是那株黄檀树的独奏会"，因此特地走到像一首老歌那样淳朴的合作社，买罐饮料坐在黄檀树下聆听一些零星的过往，也许再不多久，此地便是另一番风景了。在这里，老树乃以其独特的风格技巧，将岁月化为风之和声，并渐渐地将我心里的留恋，演奏成一片淡墨画成的微冷风景。

雨天美术馆

小雨藏山客坐久，长江接天帆到迟。

北美馆[1]成立于一九八三年，是台湾首座现代美术馆。

从捷运站一带行去，只见碧树优雅，绿草如茵，远远望去美术馆白色的方形建筑物像一个个凝视的镜头，窥看着高架道路上匆忙来去的人车，春山秋水总无言语的悠悠。"十载生涯归寂寞，百年岁月去峥嵘"，每每到此，逐渐浮在心底的便是淡到近乎透明的寂寞之感。尤其雨天，广场上现代雕塑倒映在积水中的肃穆，或是中庭无人的座椅，走廊上空阔而黝黯的光线，都使色块与线条无端沉郁起来，所有的意象都使人感到莫名而巨大的清冷。也许"现代"一词，在某种意义上来说是一种孤绝、荒谬与毁弃，因此无可避免地教人寂寞；但"现代"也同时意味着沉思、追寻与再生，因此北美馆总使我觉得既如废墟又是殿堂，它

1　全称：台北市立美术馆。——编者注

仿佛将疲倦的文明劈开一道裂口，诞生另一个使人茫然却无端感动的世界。

第一次来到北美馆约是小学六年级，如此推算起来，那时它落成也不过两三年而已。当时排队整齐、禁止喧哗与饮食的队伍，面对那些抽象的绘画，绝不同于颜、柳的书法，以及无可名状的雕塑，都感到异常的兴奋而忍不住毛手毛脚窃窃私语。现在回想起来，也许所谓成长，就是"象"在心中逐渐凝定的过程，世界就是如此：桥归桥、路归路，红色的是鲜血与爱，蓝色的是海与眼睛，棱曰直、弧必弯，善当如此，恶当如彼。所谓抽象，反而有点接近初始的混沌，也许不是七窍聪明后的成人所能进入的艺术境界了。青少年时期第二次来到北美馆，为的是看那幅美国漫画家劳瑞所绘的"李表哥"，犹记那时观者如堵，那幅"中国人（在美国人眼中）的新形象"蠢丑（丑）到极点，印象所至，大概是我在北美馆所见最莫名其妙的失败作品。

从学校毕业后偶与女友一同来到这里，在寂静的落地窗前讨论画中的意念或装置艺术的不可理喻，有时一群穿着黄绿制服的学童排队走过，像是梦境一般，我似乎看见自己。我总觉得每一件艺术品的背后都有难以发现的秘密，而人与人之间的相知与相亲就是在面对同一幅作品时，解读出相似的答案。婚后，我们仍然经常来到美术馆，在那些神秘的符号与意象中穿梭，多数的时候是解读着自己的内心。

昨天我们在滂沱的雨中又一次来到了北美馆，中庭水渍倒映被切割成方块的灰色天空，走廊的长椅上空阔，电扶梯为无人的下午运送一阶一阶潮湿的空气。整座馆藏被雨声留给了宁静，也留给了寂寞。那时我们的心灵总是被迫与更深的心灵对话，频繁地思索着现代文明给予艺术的毁灭与创造。我渐渐发现艺术总是谦逊地提醒人类过多的自大，然而现代社会却又很善于利用艺术来表现自我虚荣，这样的时刻总使我眷恋起一些更朴实的年代：用泥灰与树脂在初成的陶器表面绘上不精准的几何线条，或是归来的猎人信手在洞穴壁上以图画记下一天所获。横眉的现代艺术说理毕竟太盛，抒情性时若有缺，北美馆的简洁最可沉思，而空间与光影的组合则适于激辩，但在三月的雨天便不免窘蹙了起来。

"小雨藏山客坐久，长江接天帆到迟"，忽然记起罗智成所说——"山是次于星球的雕塑"，我在这座为冷雨藏住的大雕塑里眺望尘世，无端怀念一扇遥远的纸窗所透露出抒情的荧荧微光。

夏日球场

我的悼祭者流落在外地

有的打铁，有的卖药

　　校园生涯特别能感受四季的嬗递，初秋入学的期待，残冬亲切的重聚。校树回廊，钟声笑语，在一年一年的行事历中迎新送旧，长成了栋梁，也催老了青春。其中让我感受最强烈的莫过夏之来临。当别离的日子化为歌声远去，当晴空是一种澄澈的蓝，远处积云如炎日泛起的毛边，充满热力的漫漫长假就要开始了。山巅水涯，到处都是金色的年轻活力，所有的生命仿佛将赶在枫槭霜红前完成一些什么；或为势必残朽的严冬，留下曾经郁绿、曾经怒放的见证。

　　在我心中，最适合见证夏天的非棒球莫属。

　　内野的红土干燥而粗糙，像一首沙哑的诗；外野的绿草绵绵，正适合放牧一段英雄的梦想。在天色尚明的晚风中，白云疏卷，水银灯一盏一盏亮起，主审拉下面罩，高喊"Play Ball"，热浪、呐喊与无以名之的感动澎湃而来，那些尾劲刁钻的球路，飞向天际优雅的弧线……夏日的棒球是青春，是冒险，是挥中球心的瞬间，震撼虎口的一阵酥麻。那种在烈日下追驰过的感动，绝不是坐在冷气房里啜饮冰啤酒看王建民以伸卡球斗红袜队所能比拟的。

最初的感动是家家户户守夜看三级棒球的七〇、八〇年代，那是融合了民族情感的青涩岁月，许多少年成名的英雄，如今却没有继续驰骋在球场上，经常让我犹疑是否那些响当当的名字只是一场深夜的梦而已。后来的成人棒球世界更是迷人，合库对台电，虎风战味全，守着电台与报纸的体育版，少年的我不知不觉中翻过了台湾棒球的一页又一页。随着国际比赛增加，电视转播也热闹了起来；林琨玮飘忽的下钩球与涂鸿钦霸道凌厉的球路竟连挫红色闪电古巴队，那时同学间一时都兴起练投潜水艇式的投球法，但大多闪了腰或拉伤了手臂。彼时欠缺专业的球评，连现场播报的记者都未必懂棒球，那真的只能是看个热闹而已。观众对各种球路一知半解，也几乎没什么战术概念，这种情况要到职业棒球诞生后才渐获改善。

高中时第一次现场看球，味全龙对三商虎，在南京敦北路口的台北市立棒球场。带着莫名的口渴与兴奋，看着还不是很习惯当明星的球员跑进场中，当时是校刊主编的我决定回家后要写一篇棒球的青春之歌，不想一拖就是这么多年，岁月过去了，龙虎豪杰星散，少年壮志飘零，渐渐懂了杨牧的诗句：

我的悼祭者流落在外地

有的打铁，有的卖药

　　是怎样的一种况味。五年前，连台北市立棒球场也难逃拆除的命运，那时冷冷秋风仿佛诉说夏天已经结束，梦想封杀，三人出局。

　　如今这里建成了不能举行棒球赛的"巨蛋"体育馆，据说馆内可容纳一万五千席，是台湾少见的大型场馆。爽朗的现代风格增添了台北的时尚感，多功能的用途也将满足娱乐消费的都市性格，但我总是还惦记着棒球的岁月，徘徊在即将竣工的建筑物外，喧嚣的下午老树浓绿，悠然却也十分寂寞。还记得第一次在此看球，最不能适应的是在每一次精彩的打击或守备后，不能以慢动作重看一次；绕行南京与敦北[1]，多年的记忆，黄平洋、史东、康明杉以及罗世幸、林仲秋等，他们在此叱咤风云的英姿正以慢动作一幕一幕在我的脑海中回放，然而那些年少的梦境，却又像夏日城市的气息一般，渐渐淡成一幅遥远而透明的薄薄黄昏了。

─────────

1　指台北市的微风南京、敦北商圈。── 编者注

打点1000分

古来存老马，不必取长途。

二〇一〇年七月二十二日，在高雄澄清湖棒球场二千八百八十七名观众的见证下，兴农牛队的张泰山在三局上半挥出了中外野方向的一垒安打，当时在二垒上的队友张建铭快速冲回本垒得到一分。这是张泰山的第一千分打点，也就是他帮助了一千名队友（也包括全垒打时的自己）跑回本垒得分，据职业棒球联盟统计，这个纪录是经历了一千三百六十一场比赛，总共五千零六十七个打击机会所达成的，距离张泰山选手第一次穿上职业棒球的球衣上场挥棒，已经历经十五个年头了。

有人说棒球是个人英雄主义的运动，全场让对手碰不到球的闪电投手，最后打出"再见全垒打"的超级大炮，就是名留青史的英雄。而一个游击手接传了几个滚地球，一个外野手接杀了几个高飞球，虽然也是比赛的一部分，也有统计记录，却很少被人注意或写进报道中。但"打点"却不一样，"打点"虽是一项个人纪录，但也是一个团队合作的结果。如果垒上没有跑者，那么即使打击者挥出安打，也没有打点；反之，如果三垒上有人，一个高飞牺牲打或触击短打，都可能赚进打点。在棒球世界中，评论一个球员的能力与贡献时，"打点"和打击率、安打数这些个人指标往往同样重要——只要我上场，就可以掩护队友回家。这是让人安心的"打点王"最可爱的地方。

张泰山这个纪录近几十年应该无人可以超越。我还记得十五年前他刚刚来到中华职棒时才十九岁，当时在"味全龙队"，他从青棒直接打到职棒，名气并不大。不过他第一年打职棒，就令人眼前一亮。我们的球员喜欢斗智不斗力，所以很少一上场就挥大棒的，喜欢等到"两好三坏"再说，因此投手也抓这些心态，第一球都是"抢好球数"的。不过十九岁的新人张泰山，偏偏就爱对准第一球猛挥，球来就打，不必等待也无须闪躲，那种美式球风的豪迈性格，真痛快。

那时我也不过是个二十出头的大学生，和室友鬃毛对着收讯不好的小彩电，为泰山大棒打飞那些专走边边角角的变化球而大声喝彩。岁月如流，十五年来职棒分分合合，味全龙队早已走入历史，只剩当年的泰山如今仍忍着伤痛继续创造个人的与中华职棒的历史，报载他因背痛而无法猛挥大棒，只能靠着巧力把球推到没人防守的管区，所谓"古来存老马，不必取长途"，现在的我，也慢慢懂得欣赏"以智取不以力敌"的艺术了。

职业运动必须有其历史纪录，才能诞生其文化内涵。一项用时间与汗水写成的纪录，就像一件每日摩挲的艺术品，其浑然精致的形貌不只让人们对创造者的恒心与毅力肃然起敬，同时也逼使读者一同回忆那个初始的瞬间以及漫漫的来路；于是我们便对这个数字产生了一种情感，在张泰山十五年来上万次的球棒挥动中，我同样行过多少路，写下多少字，醒过多少不愿醒来的梦。因此透过这个艰伟的纪录，仿佛可以看见人生是多么热烈而丰富——每个人都创造了他个人的历史，逐步完成了他现在的这个"我"；但转念一想，张泰山不可能再打十五年，不可能再挥出一千分打点，故也由此而惊觉了生命是多么渺小，再多的丰碑，生命仍然只是恒河中的一粒细砂，而不是恒河本身。

在张泰山写下历史纪录的同时，我想我应该也完成了一些东西吧？我很想回到十五年前的那个我，那个空有梦想但不知所往的年轻人，世界对他来说有着一种难以言喻的感伤与浪漫；现下的我非常向往，也非常嫉妒能拥有这种情怀。如今，张泰山要提着球棒继续上场，继续让纪录往前走，我想我也是的——摸摸胸口，心还在跳。心还在跳，虽然有点空洞，但还跳跃，那就好……

电话亭

还记得那红色的电话亭在黄灯下
像是神龛可以容纳一片祷告一片恩宠

　　由于移动电话的普及，据说全世界先进城市的电话亭都在急遽地消失中。这固然令许多好古成痴或特别怀旧的人士如我感到些许惆怅，不过时代的进步就是如此，科技将便捷带给了群体，亦将伤逝留给了个人，"春风取花去，酬我以清阴"不啻是传统文化的静美观照，其实也是现代都会的小小温柔。

　　然而至少在我们这一代，对公用电话多多少少都有一些个人的记忆，如果办一个"我的公用电话故事"征文，肯定会出现许多感人的好文章。小学保健室旁的公用电话总有一把眼泪一把鼻涕的健忘者，联络簿、三角板与水彩用具可能稳居前三名；大学宿舍中长长的人龙、军营中无限的牵挂与寂寞，都是"一种相思，两处闲愁"的写照；而医院里大喜大恸的消息、机场或车站的焦急与错过，那又是多少哀乐人生的点滴交织。从前还有人专门收集电话卡，我猜这类藏家目前可能也随公用电话的萎缩而渐渐减少；至于那个在鬼月晚上十二点，至电话亭中不投钱连拨七个7便会打到鬼屋的传说，也可能仅在我们这一代童年的夏夜里流传过。

从前在宿舍中，最恨无视于后面一列焦急的排队者，仍然抱着话筒情话绵绵的家伙，这是资源不足的条件下所考验出来的人性；不过现在移动电话人手一个，依然可见在车厢中大声聊天，或是坚持在戏院与课堂上不关机的人士。可见修养不能提升，科技的进步或资源的充裕依旧不能解决人与人之间的根本冲突。

始终觉得城市里的电话亭充满诗意，透明的小空间里满是玲珑的心情。中山纪念馆中，还保留了一排红木槅格的小话亭，真有一番六〇年代的风味；而目前街角所见，有点中式造型的小话亭也相当可爱，只是掩饰不了站立街头、风吹雨打加上人为破坏的沧桑。公共电话的用户以美国电影中的"超人"最滑稽，窜进话亭中变出一身红蓝相间的紧身衣及大披风，那种帅气……只能说美国人的幽默感有时让人不敢领教。

而目前台北街头的公用电话，好像以外籍劳工使用居多，在迷离的夜色里，一片霓虹世界中，那孤单的身影握着话筒，急切地说着陌生的语言，有时欢笑有时哭泣，那是大都会里使人心酸的人间风景。

还是老诗人方旗的散文诗《构成》中将电话亭诠释得最美，

痴情而羞怯的少年寄赠了钢琴音乐会的门票，梦中情人却没有依约出现，"看着身侧的空位忽然极不甘心／散场后就近取起电话筒却迟迟不能投下银币／还记得那红色的电话亭在黄灯下／像是神龛可以容纳一片祷告一片恩宠"。在大哥大各种以歌为铃、此起彼落的年代，不知用周杰伦新歌当来电铃声的少男少女还谈不谈这类荒凉而婉约的恋爱，恋旧如我，总是忧心电话亭的日益稀少，哪里还可以容纳失意恋人们的一片祷告一片恩宠呢？

买菜

喝完了这杯，再进点儿小菜。

　　买菜说不上是什么风雅，不过就像汪曾祺说的："提一菜筐，逛逛菜市，比空着手遛弯儿要'好白相'。"我到现在还记得，上小学前就常跟着母亲上菜市，说是买菜，不过大人的活动当然不只在买菜这事的范围内，先在路口喝一碗米粉汤，然后沿路与老街坊话话家常，这里买一把青江菜，那里买半斤里脊肉，买完豆腐豆芽当然会要一瓶豆浆解解渴，再逛逛卖拖鞋短裤的小摊、挑着担子卖水果的老人，整个行程大约就到了尾声。偶尔，母亲会要我拿着刚买的菜去"公秤"那儿磅一下，看看斤两足否。不过整个过程除了吃，对一个小孩来说是颇无聊的，当时尤其害怕买鱼时鱼贩拔鳞斩头剁脏的腥红场面，以及鸡贩子那里闷烘烘的骚臭。

　　婚后最大的转变就是得常上市场，我们这一代纵然成家，过的也是"村上春树式的美国生活"，因此除了难以配合传统市场的营业时间，也缺少与小贩论斤计两或要葱拿姜的才情，那是我外婆到母亲那一代的生活乐子，与其说是代沟，倒不如说是时代的缘分。我与妻子最常逛的是"超市"，我总觉得用"super"来形容"market"是典型美国式的夸张，不过在晴朗的假日，穿着棉T恤牛仔裤，推着大推车买冰啤酒与矿泉水，或是逛逛冷冻食品区买条培根什么的，也满有"幸福的两人世界"那种喜悦。

妻子善于计划，所以买菜颇为井然有序：从青果区开始，然后蔬菜、蕈菇，接着买鱼买肉，再买一些现成食品如水饺、云吞之类，最后是需要冷藏的优格牛奶[1]。大致依照超市的动线前进，偶尔插入写在便条纸上的生活用品，按部就班地完成购物。这样我们的生活便有了一盘鲜虾芦笋意大利面佐南瓜浓汤，或是西泽沙拉和香煎纽约客牛排配麒麟啤酒，这样便有一天复一天的时光感。所谓人生，便成了一首在腰果鸡丁与山药排骨汤里慢慢老去的情诗，十分甜蜜也相当忧郁。

传统市场总有其永恒的热情与凌乱，像一部拉丁美洲的魔幻写实小说，以各种刺鼻的异味、耀眼的色彩诱使你落入一座疟热丛林，不知不觉便买了过多的番石榴与吃不完的面条；那些带土的青菜，扭动的鱼，窝在低矮笼子里等死的花毛鸡，鼓着腮瞪人的大牛蛙，暗示了"吃"是一件多么原始而带着一些暴虐的事，是一件多么冒险又快乐的活动。传统市场是城市里未将"弱

1　即酸奶，英文yogurt音译。——编者注

肉强食"当作一个譬喻的地方，活生生地每天上演真正的丛林法则，如果你立志当一个好修身的君子而不是善解牛的庖丁，那么真的很难享受市场中嘉年华般的放肆与乐趣。

而超级市场则是现代迷宫的缩影，世界文化冰冻在华丽废墟的橱柜里，等待你携带它们逃出物质化的冷酷异境。于是每个周末，我便要刷卡买回一堆生冷的食材，在家中翻出祖母珍藏的红泥小火炉，砥亮外婆杀生无数的金门钢刀，系上妻子家政课缝制的围裙，摆好各大百货公司周年庆时赠送的瓷碗木筷，在治一乱邦兴一灭国的时间里，哼着小调（喝完了这杯，再进点儿小菜……），按部就班完成一个现代人卑微却深刻的生活享乐。

缄默者

有个孩子往前走，日复一日
他看见什么，他就变成什么

吴兴街二二○巷的旧军营迁走了，拆除了灰色的围墙，也拆除了童年对高墙内的好奇与恐惧，晚点名的军歌在稍息后彻底解散。春深夏初，空荡荡的军营留下了标语和杂草；五月已至，无论燕子在谁家的梁上做巢，都不能解释一座城市为何在夕阳里刹那荒芜。

太安静了，此地。

沿着一条浅浅的黄泥路，走过在一夜间蔓越膝盖的大片草场，一边轻轻背诵着惠特曼：

有个孩子往前走，日复一日，

他看见什么，他就变成什么，

早绽的紫丁香变成这小孩的一部分，

草叶和红白的牵牛花，绯红的苜蓿，云雀的鸣啭，

　　长得极优美的水生植物，

　　一切皆变成他的一部分。[1]

　　噢，那就将我变成一株带穗的青芜吧！在五月的风里摇荡，谛听远方，隐约的歌，无言的海，或是一个亡灵的仪队，一直走到他的故乡，每一个故事的开始处。不然我就变成五月，轻轻地躺在台北的胸膛，温柔地开一些夏日的花，纵使从来没有人注意，不然便是给那些深入地壳的钢桩一些蚀痕，给那些耸入云霄的楼一些雨水，给情人一个周末，给路的尽头那辆锈了的脚踏车一个远方。太安静了，车辆往来，却不惊动即将离去的春天，家家户户的电视开着，却不理会五月已经驻足在门口许久了，因此他变成了残忍的孩子，随意撕毁四月的晴空，揉乱三月的花季。

　　让我起身，继续往那片草深处行去吧！让我变成裸身运球上篮的黄昏剪影，让我变成疲惫空洞的庞大营房，也许这样就可以理解风，理解燕子，理解台北为何此刻在我心中深深地荒芜。我不必说话，四月是远去的民谣，即使仍然传唱在卖艺人的弦上，都已是风的埋藏。

　　而五月，五月是一个缄默者，他带走了所有的声音。

1　出自美国诗人惠特曼的《有一个孩子向前走去》，作者引用的是精简后的大意。——编者注

初爱

南风之熏兮，可以解吾民之愠。

—— 舜《南风歌》

秋夜渐凉，上课讲的是仍十分燠热的《南风歌》，一阵舒爽透了的凉风，是远古时代上天给予在大地上劳动之蒸民最好的安慰。英国诗人柯立芝（亦译柯尔律治或柯勒律治，Samuel Taylor Coleridge）亦有诗云：

> 好风吹遍，绿柳青芜，溟蒙水域，吹过收获女神
> 金色的田野，燥热的农夫忽觉
> 风起，扬眉举目，放下闪动的镰刀

诗的意象真是动人，不过柯立芝并不如大舜之关怀百姓民生，他借此咏歌的是"爱情的初次来临"：

多美啊，爱情初次向心灵闪现

像淡云夕照里最先露脸的星星……

　　初次来临的爱情是无可比拟的慌张，是日后回想起来生命里真正有意义的严肃。记得还是遗忘，甜的痛苦还是苦的甜蜜，当爱情初次在内心闪现，似上帝给予了处罚，亦施授怜悯，渺小的人此刻伟大，那些平凡无聊的日子，竟也有了些不一样的辉光。

　　读着杨德豫的译本时，想起了中学时期。男女生最好不要合校，合校也不能合班，Π字形的大楼，男女被隔在两侧，相连的一横是校长、主任及老师的办公室。一到下课，双方倚在走廊的水泥栏杆上，假装看着操场的人打球，实则彼此眺望，或是想象对岸某种幽约的风景。不知是什么奇怪的心理，如果有中学男女在校外一起游荡，还会有热心人士记下他们的姓名，以正义之名寄去所属学校告发他们。

　　也有那样几个锋头健朗的女孩，不知怎么姓名就在男生班流来传去。她们的裙子多半是改过的，比那些好班的女生短而俏丽；头发也是改过的，比规定的长而有形。有时在公车站遇到了她们，便感到今天的运气有些特别，发生了一件值得一说的好事，虽然相遇时总是默默低头走过，并不敢正视她们无畏的大眼睛。

　　好像挑战着某种看不见的东西，这类女子的存在使空气中有着骚动与不安，那样自由美丽；她们提醒被钉在冷板凳上的我们：不必理会那些虚伪无聊的大人，青春不该只是这个烂模样。

已不记得是否暗恋过其中一两个名字，当时的确非常向往她们的生命情怀。流年似水，这些女子现在不知是否依旧如当年那样自信美丽，还是已平庸得像一张挂在捷运站的化妆品海报了？而我在乏味的中年读着柯立芝的诗，便不觉想到，难道美丽自由的她们，不正是我淡云夕照的年轻时刻，最先露脸的星星吗？

人日

双鬟隔香红，玉钗头上风。

　　午后的台北开始阴霾，寒风细雨淹没了早上的阳光，一杯热茶的沉思，转眼黄昏，雨之为物，可令昼短，可使夜长。我教孩子在纸片上画了些彩色的小人，参差地剪下来，挂在发上、贴在窗边，重拾这早已被人遗忘的日子；西洋情人节不久即至，商店的橱窗、简讯与型录（经过精心设计的广告宣传册），早已将此节日红红绿绿包装妥当，等人拆开镀金丝带而已。但今天我偏忆起如古画里浅色衣裙的女子："双鬟隔香红，玉钗头上风。"在人日时节，发上既簪红花又挂人胜的古典女子，却也感到一份情人不归的独有冷落。

　　正月初七，古称人日。南朝梁·宗懔《荆楚岁时记》记载："旧以正月七日为人，故名人日，剪彩、镂金箔为人，皆符人日之意……"按照日子来说，初一到初八，分别是：鸡、犬、羊、猪、牛、马、人、谷之日，如果当天风日晴朗，则该物一年平安丰畅，无病无灾。因此剪裁人形纸片为"人胜"，祝祷远游的人平安早归，是"人日"多情的祈福活动。岁次辛卯，台北初七的上午多云时晴，预报为十九至二十度，降雨概率百分之二十。是的，这么好的一天，是否预示着今年一整年，都是那么恬和优美、明净淡泊呢？

年节已过，世界开始忙碌地旋转起来，邻人施工的打墙钻地、货车进出装卸，松散的日子在春阳烂漫中重新坚实。而我犹恍惚于假期的摇荡，无法凝神撰写一篇三周后要参与学术研讨的文稿，女儿将唱盘上舒伯特D958的凄凄演奏换成了活泼儿歌，妻子进出收拾家居整理衣裳，我不知该坐向何方，不知该怀有什么样的意念来度过今日。

这样的日子该有所思怀，故乡游子，海角天涯。可是我确知朋友们都安好，家人们都无恙，他们幼稚的孩子慢慢地学习生长，事业逐渐累积有成，谁又翻过了一页智慧的书，谁又完成了一笔圆满的交易，谁又轻易遗忘或者想起我。远方纵有动乱战火，世界纵有水灾雨荒，但那已因遥遥而失去了现实的意义。一如校园里的梅花逐渐飘零，但是山樱已茂密盛开；南雁将要北回，无论它在哪一片雪泥上留下爪印，人间总是起落有序，如歌如吟。我已无须计较世界的安排有何深意，只需在当下领取那流淌的时光，那无聊与无谓，那纷纷开谢却无从捕捉的虚幻之花。

这样的日子又该有所回忆，"一卧东山三十春，岂知书剑老风尘"。时间的刻度是这么费力地往前挪移，等它走完，才发觉其实是轻忽的。千禧年才如昨日，转瞬已迈过了十个年头；那大年初一的清晨在满地鞭炮纸屑里找寻一两枚未爆纸炮的童年，何时已经是现在的模样？身边的一切并未改变，但心已不再如昨，老于风尘的，不只是攻书学剑的少年理想，同时也包括了对生活的所有期许。中年仿佛是一遍遍重复昨天的作息，也写好了明朝的一切，当命运一再迎向年年黄道面上的同一定点，当可赞美之事与该诅咒之事永远等量，一日心情总和终究归零，生活还能为什么感到惊奇呢？还能为什么感到失落呢？在人日此刻，那心情驿动的年岁与随时都有那么多可能的日子，的确让人有所怀念了。

细雨重新为城市的暮色披上轻纱，我多想留住早晨的那种明朗。孩子剪画的人胜在玻璃窗上手牵着手，像要去远足的欢欣，又像从一个幸福的梦境中走向我，走向我挂了梵高复制画的客厅、瓷砖绘了风车的厨房、有一个桦树柜子的家，还有那带着隐约情怀的每一个日常的每一次踟蹰。这早已为人所遗忘的节日终于沉入了华灯之夜，一如那些不凡的过去，那些总是通俗的愿望：平安、健康、财富或爱情……但这寂寞的一天能承担多少属"人"的期许呢？

我在书房小声地用计算机重新播放舒伯特的D958-960，不过孩子在外面欢乐地唱游，《啊！牧场上绿油油》轻快的歌声很快地压过了悲戚的钢琴："山上的白雪，融解成流水，流下了山坡，流到了山谷，奔流到原野，灌溉了田园。流水真愉快，歌声不停……"此刻我真想躺进那快乐的流水里，无论来自哪里或要流去何方，分我以涓滴那样纯真的快乐，竟已足够灌溉我荒芜的人日，苦涩的心。

校园／文学的辩证

往日崎岖还记否？

　　台湾这几年大学滋漫，蔚然成林。山巅水涯，穷乡僻壤，忽然就冒出几栋刚竣工的楼房，招牌一挂原来还是某某大学。仔细算算，图书馆里扣除过期杂志与早该丢进历史焚化炉的计算机书，真正能帮学生进德修业的著作没有几本；拦住那些骑着机车的金发学生，会用英文讲"现在几点"的大概也没几位。台湾人的优缺点都在这里：总把一切想得太过简单，也能在这种简单中真心享有，自得其乐。

　　真正的大学，除了恬静的校园、丰富的学术资源，我以为还要有历史传统，有一点属于这个学校的独特气质，更重要的，要有一些人物风流，一些传说与故事。因此，每个伟大的大学，都应当有一部杰出文学作品以她为背景，让校友追想，让外人借着文学理解这个学校，想象其氛围，并对她怀有一份莫名的向往与惆怅。可惜这样的校园／文学并不多见，痞子蔡风靡一时的网络小说《第一次的亲密接触》中我只知道成大有个麦当劳，其余一无可取。相对而言蔡素芬的《橄榄树》就让人对淡江大学有了更多的憧憬；而我也想过，师大分部哪一间教室才是小野当年满怀理想写《试管蜘蛛》实验室的蓝本？

台湾校园最得天独厚的莫过于台大，除开丰富的资源不讲，台大是一所真正像大学的大学，她有一条具体而永恒的象征大道、几栋不甚便利却能代表历史与荣光的旧建筑，椰子树的长影，傅园的旧钟，池畔的鹅，也许都感动过台静农或启迪过林文月与齐邦媛。因此台大也有令人仰望的大师，自我养成了一种自负而略带功利主义的气质。她亦以其深厚的影响力不断向周边扩张，书局、食堂、影印铺、冰店与茶馆，挨挤在半旧的小巷子里，让你还没来到台大，就已经感受到一所"台湾"的大学所独具的凌乱、廉价和年轻浮躁。新生南路、罗斯福路、辛亥路、长兴街、基隆路……喧闹的与寂寥的，都散发一股学生味，那非关书香或汗臭，而是一种庶民而短暂存在的生活方式，带着即兴与幻灭的色彩。因此白天龙行虎步的台大与夜晚迷离幽阗的台大，都是台北市最不能忽略的风景。

近来，我有时喜欢推着婴儿车在台大舟山路一带闲逛，寸土寸金的台北市，这里却有成片的绿草，几棵小树，养着鱼、鹅、乌龟的池塘，花圃菜园，像是大观园里的稻香村，走走谈谈，很容易便打发了晴朗的午后时光。便宜的咖啡，树下的木头桌椅，让人遥想当学生时的惬意与清纯；图书馆的窗景，远方塔楼的灯，都是古典而深邃的学院风。

　　走在这艳夏的校园，总莫名想起白先勇在1962年发表的小说《那晚的月光》，屈指算来，小说中的主角李飞云现在已经六十来岁，或许已是建中退休的物理老师了；那年他在简陋的学生宿舍迎来的长子，现在也已四十好几，想必早已帮父亲一圆未臻的美国留学梦，现在也许正利用暑假回国，在台大某某中心做一场纳米科技或半导体研究的讲演吧。而李飞云与余燕翼这对老夫老妻，仍是依偎在当年文学院前的草坪上：

　　　　一流泥土的浓香在他周围浮动起来⋯⋯六月的草丝丰盛而韧软，触着人，有股柔滑的感觉。不知怎的，李飞云一摸到校园里这些浓密的朝鲜草就不禁想起余燕翼颈背上的绒毛来⋯⋯

无可悲哀

—— 谈落榜

土地被侮辱，却报以繁花。

我在师大教的学生成绩应该都不错，大多数没有落榜过，听我说起当年考高中时距离最后一志愿尚有一段不小的分数差距时，大家都说不可思议。

我念的初中在台北市来说算是不错的，但当时台北市只有八所公立高中，录取率很低。有一部电影就是描写高中落榜生堕入补习地狱的可怕情状，老师以变态的方式凌虐学生，摧毁重考生的人格与价值，想想人性实在蛮可怕的。其实自有科举以来，名落孙山就是读书人的梦魇，"万般皆下品"的文化中，落榜代表了被"刷掉"、被"淘汰"、被彻底地否定，代表了你是一个失败者，人生的富贵功名从此远去。现代人对落榜的恐惧，大概也有一部分来自历史的淀积吧。

整个初中三年，我都奉行教育部门的指示，不参加补习，不买参考书，只是读课本而已，课本上的习题大都滚瓜烂熟，只是英文文法与数学不是顶好。从考场出来，家人问我考得如何，我回答说考得不错，没想到成绩一出来，竟然差了"泰山高中"没有一百也有八十分。没有落榜过的人绝难想象那时的震撼，先是一阵惊愕，然后是惶恐得不知自己该何去何从。当时我的大姐在念台大，二姐在读北一女，我这"不肖的幺儿"可算是大大辱没家风了，那一阵子，家里的人都很怕别人问起我的考试问题。

确知落榜后心里莫名产生了一种很悠长的感觉，那个长夏，好像突然洞明了世事，突然要慎重地思考一下人生与未来这类本来遥不可及的问题。很多人失恋以后会变成哲学家，落榜这种深深的挫败感，真的让我幼稚的心成长了一些，而且摔跤一次，就知道其实这种事也没那么可怕，对于人生好像更多了一些面对和尝试的勇气，"再无所惧"是上天给落榜生意外的礼物。

考不上学校，意味着政府透过最公平的筛选，确定了自己程度不行，不是念书的料。不过我对念书还有一点兴趣，家人也帮着我坚定信念，整个夏天东求西考，最后还是摸上了一所私立中学，于是上天给了我第二份礼物，那就是懂得珍惜。在一无所有的时候，才知"拥有"是多幸福的一件事，所以我也在那私校好好地读了三年，中间虽然差一点留级，但也勉勉强强毕业了。直到现在，我还是对那所愿意收留我的中学心怀感激，虽然他们那厨子做的菜是全世界最糟糕的。现在只要想到自己曾处于那走投无路的青少年岁月，便会对既有的一切满足了起来。

土地被侮辱，却报以繁花。

我万万没想到，当年教育体系拒绝了我，如今我却成了教育体系中的一员，命运有时是很奇妙的。我慢慢明白，每一件事情的意义都是"心"去加诸其上的，将一件事看成是侮辱，那便会真的成为严厉的侮辱；倘将之视为养分，也许它便会真的成为养分。人生最公平的事，乃是无论身处何境，他都是一种活着，都只是一种活着；上榜是经验一种存在，落榜也是经验一种存在，两者在经验生命的意义上并无高低不同。而我体验过落榜，也体验过上榜，虽不敢说这就是"多彩多姿的人生"，但总算有了一些对比，明白了些别人不一定明白的况味，痛苦如潮水终会退远，那永恒的潮声在记忆里总会化为长长的诗意。

现在的高中、大学录取率高，落榜的人似乎少了，虽然希望所有的人都能心想事成，不过我相信还是有人为落榜这种事而深深痛苦着。反过来想，考试不过就是为了念书，而真有读书的念头，其实在哪里念都是一样的 —— 千江有水千江月，倘若我们是一滴向往清月的水滴，又何必因为没有流到巨河广泊而感到悲哀呢？

不信青春唤不回

流浪二十年我回来了
挺起胸来走在大街上
我高兴地与每一个公民分取阳光想和他们握手

　　傍晚，等着过马路时，一辆黄漆大车隆隆驶过，定神一看，原来是某私立高中的校车。八月了，一些私中的暑假课程也开始了。暑假还要上课，那心情应该是很低落的，不过透过车窗，里面的青年好像很昂扬的样子，年轻人无论做什么总让人觉得充满活力与希望——当然，这是我近来的个人偏见，我相信我念高中时一点都没这样想过。

　　大黄车驶远，我也开始怀念起高中的旅程了。

　　我高中三年在北县的三峡度过，那时我们是一所全体住校的私中，星期六中午回家，星期天晚上收假回校，都是搭校车。我们的学校没有自己的交通车，不知是向哪个租赁公司弄了数十辆又旧又破的老爷车，一路上摇摇晃晃，像一个个快要炸裂的沙丁鱼罐头。

我的母校以管理严格著称，十五六岁的青少年在那种不断考试及生活规律十分要求的环境里，其实是相当痛苦的。虽然也有苦中作乐的一面，但期待回家甚至只是离开这个环境的那种渴望，大概是每天通勤的正常高中生所无法体会的。因此星期六的校车满载欢乐与期待，积压了六天的沉闷就要得到释放；在车上，飞逝的是小镇与乡野风光，大家相约等一下要去哪里吃冰、买东西、看电影、做制服，好像要把失落的快乐一次找回来——"不信青春唤不回"，初读此诗，想起的便是高中时代星期六中午的校车。回到台北，学校体贴地安排我们在西门町下车，放眼望去，人潮车潮，真有花花世界之感，辛笛在《流浪人语》一诗中说得最好：

> 流浪二十年我回来了
> 挺起胸来走在大街上
> 我高兴地与每一个公民分取阳光想和他们握手

一下校车，就是这种感觉。

不过周末永远是那么短暂，我永远记得，星期天中午一吃完午餐，就怀着铅块一样的心情看一个《来电五十》的电视交友节目。空虚的下午无聊地翻着星期一要周考的科目，黄昏就渐渐来临了，心中有种郁闷，很想抱住谁大哭一场，拒绝再回到那个住校的环境中。到了傍晚，匆匆洗个澡，换上校服，全家提前在五点半吃完晚餐，我就要回学校了。

远远看到停在暗夜里，那黑黝黝的一列校车，真觉得人生好绝望。星期天台北的夜色低迷，街上灯火繁华而行人渐稀，一直到今天，我仍然觉得星期天的夜台北十分忧伤，好像所有欢乐用罄的庆生会一样。教官一吹哨子，我们就奔向深不可测的夜幕。离开市区，渐渐荒凉起来，然后行过市郊，长堤上的灯影倒映在幽幽的河中，这时无论看见一栋亮着灯的民房、路上一个骑脚踏车的人，还是和我们方向相反擦肩而过的另一辆车，我都觉得那是令我深深羡慕的幸福世界 —— 我愿意花一切代价来换取这样的自由。我不知道车上四五十位同学，心中是不是像我一样惨恻，不过这时车上多半静得出奇。

回想起来，我不知道自己当时的心灵为何能承受这种禁锢所带来的窒息感，而且好像没什么损坏地挺了过来。或许，人生经历了这些事以后，便更珍惜可以自由支配自我的每一时刻，懂得享有最简单的美好。为了确定一下，我在"脸书"上问了以前的同学乘车返校时之心情如何，他们现下都已是"五陵衣马自轻肥"的豪杰了，不知还记不记得往日的崎岖？我想那些摇摇晃晃的破校车应该早已和我青涩的岁月一同退役了吧，但我十七岁时，心中满怀彷徨与无奈的那个半透明倒影，却永远在高中校车的玻璃窗上，那样寂寞地注视着我。

附记

毕业多年，母校辞修高中适逢四十周年校庆，邀我在校刊上写一篇"忆当年"的作品，我曾当过校刊主编，义不容辞地写了以下这篇颇有"校刊风味"的作品：

少年十五二十时

特别喜爱三月的枫林，是从辞修开始。

就在教室后面，从福利社那小土门弯下操场的一条曲径旁种了一些枫树，春天时绿得透彻，微晴的阳光使一切都明亮起来，仰视叶隙，金光点点，清风一动，那天色、那绿意、那心头的寂寞戚惶便闪烁成心底的一幅流金风景，永不褪色。

十六七岁是十分尴尬的年纪，脱去往日童骏的外衣，对世界却又是怀抱着那么多的不解与幻想，心中总有捺不住的驿动之情，偏偏，我却要被关在辞修这封闭的小小世界，等待又等待。在辞修，第一课学会的便是等待。总害怕星期天的黄昏袭来，那是要离开温暖的家，穿回制服奔赴学校的时刻。从坐上交通车的一瞬间，我便开始等待下一个星期六的到来，那夜风、那灯火，简直让一颗年轻的心随时破碎。一路蜿蜒，只见学校的灯光隐隐，心便下沉。下车踏入校园，却有了异样的感触，离家生活是难受的，但我知道我能够也应该面对这些，这就是成长。心里明白要战胜等待的痛苦，便要忘却等待这回事，校园虽窄，但年轻的心是广阔的，于是我大步向前，赶上友伴，与他们一起追逐飞向天际的一颗篮球，追逐一段烈日晴空的友情岁月，一个发光的梦……在辞修的一千多个日子，我便明白了人世最可贵之事物，不再惋惜失去了曾拥有过的什么；而是在一无所有中找到还属于自己的那些东西。

人近中年，难免经历不少挫折，但回想起来，没有一个挫折比得上来到辞修前所经验的那么苦楚。现在的孩子很难体会"落榜"这件事，大约是学校多了，但我考高中时，北区也只有那么几所公立高中，我便在十五岁时，尝到了落榜的滋味。屈辱、难堪或自卑，其实并不那么真切，最苦恼的是不知自己该何去何从。所幸辞修对我伸出了欢迎的臂膀，让我有了一个方向，学校用一种很严肃的态度告诉我我并没有失败，只是到了更应发愤的时刻。

然而在辞修，我不仅在课业上有所进益，这绝世而独立的世界给了我更多的启发。人和人应如何相处，怎么样用乐观与幽默的态度来面对生活里的无奈，如何接受别人的善意，在现实得失外尊重一些性格与态度，发现一些悠然一些美好，甚至以自我为众人去创造一些美好，更多的自我承担等，这些都是辞修三年教给我的一课又一课。

和我同年的他校学生，大家读的是同一册课本，但他们在热闹的街、拥挤的补习班或电视节目的声光里，和我住校生活所领略之薄雾的清晨、夜空的星光与内务、进餐厅等规矩相较，可以说我们是读着截然不同的两本"大书"，辞修以其独有的气韵让生命有了不同的悸动。回想起寒冷的冬夜，室友数人坐床边共享一碗味味A排骨鸡面的滋味，庆生会全校共赏一部烂片如《又见阿郎》或《追梦人》的笑影泪痕，晚自习时传来训导主任唱《楚留香》的歌声，躲在棉被里拿手电筒看《少年快报》的热切……忧伤而又幸福，苦闷而带浪漫，点点滴滴的回忆啊，已和那些少年心事一起揉进了我生命的每一根纤维中。现在无论当我感到忧郁或喜悦时，多少高中时的场景便历历浮现心头，那又是什么样的记忆与往事难忘呢？

我常想起辞修，无论大学生活有多么风光明媚，人间红尘有多少繁华开谢，青春在此并不虚度。在Facebook的资料上，我不只填上职业与大专就读院校，还填上高中毕业于辞修高中，那是我生命中最不可忽略的三年时光。我多想再升一次旗、再进一回餐厅、再回到小福利社喝一碗冰粉圆，回到那年枫林正青的小路上，轻唱起那首永远的歌：我对你的爱和从前一样，往事难忘，不能忘……

向学记

校书尝爱阶前月，品画微闻座右香。

开学

开学最好是阴天。

艳阳的日子太过严厉炙人，属于学校的一方；雨天则是我无所逃遁的阴霾心情。所以阴天或时晴偶雨，算是契阔了整个夏天的两方达成妥协，平分今日的一切，也让校长、主任大多不知所云的冗长训话凉快一些。

开学好像是属于小学生的事，中学师生见面来不及问好便开始考试，说是开学，不如说"开考"，还没上课就考试真是不合逻辑，谁教我们有"温故而知新"这样的古训？至于上了大学，都已上课一周了，人还在火蓝的浪里梦里荡漾浮沉，夏天还那么辽夐，今天便开始埋首于书页的注疏或大义不是太岑寂了吗？夏日还在，学期便不曾开始，一直要到期中考后，圣诞节前，上课才能慢慢进入理想状况。

回忆起来，小学生的开学日是很动人的。记得《爱的教育》首章便说："结束了三个月梦一般的暑假。"从来我就觉得这句话是惆怅的，人生最后总是失去了永远把握不住的东西。穿着新洗好的制服，带着升了一级的骄傲与不安回到校园中，既惊觉于同学的转变，复又慢慢发现了一些熟悉的况味，刚打扫完的气味还与悬浮的微尘飘在空中，新教室窗外的云与树清朗鲜明，好像也是刚用清洁剂擦拭过的；然心里混沌如刚刚洗过拖把的一桶脏水，要等浮动的渣滓沉淀，日子方且清澈深长。

新的课本与作业簿发下来，光滑的封面、洁白的空格鼓励我忘掉上一学年的惨淡而重新开始，在叹一口气里把"数学"收进书包；怀着一点舍不得之情读着"国语"，还没看完第三课，老师就上台喝令大家安静，一番训词后是重排座位与民主时间的干部选举。一阵盲动后，班上的轮廓又清晰了起来，明亮的、阴暗的、被接纳与排斥的，一个无形的橡皮擦修去了错乱的线条，营造出了这个班上小小社会的秩序感；一阵吹过原野的风并不理会种子的心愿，总是忽略了小草也会有的多愁善感。多年后我仍想起风琴伴奏的那歌谣："从前的日子都远去，我也将有我的妻。我也会给她看相片，给她讲同桌的你。谁娶了多愁善感的你，谁安慰爱哭的你？谁把你的长发盘起，谁给你做的嫁衣？"同桌的学友，总在开学的第一天，产生淡淡的好感。

就这样忙着、乱着，永恒的一日也就这样浑浑噩噩地结束了。黄昏放学时有一点凉意，那是秋天，走在回家的路上也会想起读到一半的新课文：

> 湖岸上，叶叶垂杨叶叶枫，
> 湖面上，叶叶扁舟叶叶蓬：
> 掩映着一叶一叶的斜阳；
> 摇曳着一叶一叶的西风……

于是在喧嚣的刹那里也有了一种宁定，幼小的心似乎领略了秋意的悠远，因而便也懂得了成长的无情与悲欢。

破英文

我是这一两年才知道原来网络上就有英文词典，有时突然要查一个词，上网就可以马上找到，还有"真人发音"，实在是非常方便。不过网络英文词典的缺点是讲解太过简约，而且查完生字，不免收收邮件看看新闻，一不小心便忘了原来查这个字是要干吗，不知不觉浪费了许多时间。

以前不知道有网络词典而不幸遇到生词时，第一个方法就是大声问正在拖地或叠衣服的妻子："喂，那个 p-a-r-r-y 是什么意思？"这时她会先 spell（拼）一遍，然后 recite（诵）一遍，接着答案就出来啦："就是那个躲开、避开的意思啊！你连这个都不知道吗？"其实她早就知道我英文很poor，但不知为何每次都要确定一下。有时也会遇到她不会的单词或词组，那么她会立刻放下家务，拿出一本极陈旧的小字典来，很勤奋地找出答案。我猜她也会顺便将它背起吧，女生都很会背单词，这是我刻板的印象，不过据说英文程度就是这样累积起来的。

我们家这本英汉词典是七五年版的《大陆简明英汉辞典》，约只有巴掌大小，却有两块厚片吐司叠在一起那么厚，里面密密麻麻的小字，我现在要用放大镜才能读得清爽。这种词典大多是中学校长送给那些品学兼优的女同学的奖品，让她们未来能在舟车上都认真地背英文单词，准备托福，往后出国留学。不幸我从来没有得到过这类的礼物，我相信这是我英文程度江河日下的重要原因，因此我们的教育家应该逆向思考，将词典送给英文最破的同学如我，那些第一名的优等女生，就送她们一个棒球手套好了。

词典编得其实很有趣，信手读读会发现英文也不是那么难，而且外国人的思想有时让人发噱，例如graveyard（坟墓）加上shift（就是计算机键盘上Enter下那个长键）成为词组"坟墓切换"，很适合当鬼片的名字，其实是"大夜班"的意思，其中深意值得玩味，词典真是博学又幽默的老师。

中学校长的付托已经远去了，那苦背单词应付英文随堂小考的日子也不再了，能轻轻松松读读词典，随意漫想与会心一笑真是快乐，学英文难道不应该这样吗？

阶前月色

茶人何健的"冶堂"有一副对联："校书尝爱阶前月，品画微闻座右香"，那是我的老师，也是我老师的老师书法家汪中先生所书，秀逸清雅，惹人沉思。

我在东海曾上过汪老师的课，那时他正从师大退休，就来东海教书，与他一道的还有杨承祖老师。我大二、大三时修了汪老师开的陶谢诗与苏辛词，那时我很不用功，有一回竟然忘了那节课要默写谢灵运的诗，没准备当然吃了鸭蛋，汪老师说了我几句，我为了弥补内心的不安，后来是硬背了一些谢诗。来到师大，陈文华老师指导我作论文，他是汪老师的入室弟子，我又与汪师在台北重逢了，后来汪师还帮我的散文集封面题字，对学生的好真是没话说。

汪师这几年身体不太好，有回我去拜访他，他知道我在上"诗选"这门课，谆谆告诉我不管教材再怎么熟，前一天晚上还是要备课。后来又有一次，他将以前上课用的《唐宋诗举要》送我，那是一九六二年广文书局出的上下册版。回家打开一看，泛黄的书里扉页与内页留白密密写满端秀的小字，有些是诗论，如：马一浮曰："作诗先求脱俗，要胸襟要学力，多读书自知之。"有些是注解诗中典故名物出处，有些是抄了龚定庵、梁启超等人的诗作，有些是分析一首诗的作法，还夹了不少剪报资料，我想那些字句，是多少年来，一遍一遍备课时所补上去的吧。

随时想到自己所教的课程而不断累积补充，永远将"上课"视为神圣的一件事来悉心准备，那么多的年岁消磨，过去的老师，做的真是燃烧自己照亮别人的工作。我们现在常拿研究繁重或学生程度差等借口来当作马虎上课的遁词，其实在讲台上混久了，心里都知道多讲两个笑话或说说系上的传闻，很容易便把上课时间混过去，完全不准备只带一张嘴去也能是一节课，学生也不见得有何不满。而且现在的大学，只看研究成果而不论教学绩效，何必那么认真呢？

但每望向书架上残旧的《唐宋诗举要》，我就不禁要肃然起来，认真备课，告诉自己没有什么别的事比教学更要紧的。汪老师的一句话和两本书，教会了我如何当一个老师，就像每个深夜阶前的月色，那样清澈地照亮了案头的诗。

你往何处去？

有人问我：老师在意义上是帮人解惑的工作，但当一位老师，自己的"惑"又是什么呢？

我无法回答，我想起我的担心是，身为教师我们究竟能够多深刻地影响这个时代？还是慢慢地融入世俗，成为每一个时代下那些相同模糊的面孔？

在隔断红尘三千里的校园中，漫谈知识、诗歌与美，仿佛与纷纷扰扰的廛市渐行渐远。打开书页，吟咏之间便可忘却现实世界里浮躁不安的经济衰退与乎使人疲倦的失业数字等等；我们漫谈哲理，交换感动，那些心灵悸动的瞬间，总使我几乎忘了这个时代真实存在的不公不义或人间随时发生的哭喊绝望。我们在教室里心情甜美，于校树间人生洒脱，轻唱《小情歌》的日子，国家民族的大义已远。该怎样弄到计划的经费，以及如何消化掉经费，成为现实中最让人关心的事。但我不禁要问，少年时立志淑世的意气到哪里去了？写在八股作文"读书与救国"字里行间的沸腾热血都已冷却了吗？

有人说过，旧俄的知识分子是质地最好的麻绳，他们将自己和时代、人民紧紧捆绑在一起，死命地将沉重的民族拉出命运的泥淖，直到自己断裂为止。而今我在研究室的计算机前偶然举目，初秋的蓝天像每一个时代那样浩荡，我却有了深邃的茫然。在教学、研究与服务的量化评鉴中，"救国"或"用世"都成了遥远或愚骏的代名词，争夺学术资源，较量学术成就，在故纸堆里轻易地日升日落……难道就是我们这个时代，攻书学剑的最终目标吗？

我不能忘记一九〇五年诺贝尔文学奖得主显克维奇的小说

《你往何处去》(或译《暴君焚城录》),为了躲避暴君尼罗迫害而逃离乱城罗马的使徒彼得,在途中遇见上帝,两人方向相反,互问对方"你往何处去?"

我们可以逃往一个安适的乐土,享受物质生活的丰腴以及文学、音乐、艺术的陶冶,我们可以心平气和、非常光洁地在云端活过一生。然而我们也有一个乱邦在身后,是否应该转身,回去被钉在十字架上或喂于饿狮的口中?或是即便如此,亦不能改变什么现实,或完成什么真理?在价值漂流的时代,没有梦也没有黎明,我多想如千年前的圣人,迷路时遣一弟子为我问津,举世滔滔,我们一行,该往何处去呢?

辑二

草莓时刻

人生的诗行

而且，那时，我是一只布谷
梦见春天不来，我久久没有话说

我怕年节。每回过年，总让我心里烦乱不堪，各种无聊的新闻话题，各种应酬与假期带来的不便，都使我疲倦得无法面对。除夕夜的那晚，鞭炮声远远近近地传来，似乎有什么开始了，亦有什么结束了，我蓦然想起一首遥远的诗：

十九个教堂塔上的五十四个钟响彻这个小镇
这一年代乃像新浴之金阳轰轰然升起
而萎落了的一九五三年的小花
仅留香气于我底笺上

这时，我爱写一些往事了
一只蜗牛之想长翅膀

歪脖子石人之学习说谎

和一只麻雀的含笑的死

与乎我把话梅核儿错掷于金鱼缸里的事

——郑愁予《除夕》

　　我曾深爱过这首诗，因为诗里似乎写出了一种儿时的感伤，孩提时代的感伤是永恒的青鸟，多么幸福却也无可重获。能够在这样的夜里重温一个褪色的梦，淡淡地怀念着少年时的悸动，实是相当甜美的感觉。

　　读郑愁予的年代甚早，大约十一二岁左右吧，但一直到今天，还时常翻翻新潮文库的《郑愁予诗集》，当然此书已不再"新潮"，相对于当代各种诗的展演与突破，此集反而有一点古雅的况味。郑愁予的诗大都脱离现实，但读熟了之后，却发现在人生的许多当下，会莫名地想起他的诗行，好像他在三四十年前，便已经把我的心情写了下来，然后一直默默等待我去印证那些感受。所以当生命走到了某个点上，便能会心于他预言般的诗句。如果说"写实"是指能够完整地临摹一种刹那间的心境，并用文字意象呈现出来，那么也可以说郑愁予的诗其实是相当贴近现实的人生之歌吧！

　　芥川有句名言："人生不如一行波特莱尔。"那是他从书堆里钻出来，俯视现实人间的一种感伤心境。文学将琐屑平庸的人生提炼为焕发的辉光，作品中的一行一句，无不隐含了更超越的生命理想，比起我们浑然不觉的日常生活，文学拥有了更多通向永恒与纯粹的可能。因此我们在阅读中，往往可以忘怀追求名利与锱铢必较的存活方式，进而得到心灵的彻悟与升华。不过仔细想想我自己，大多数的时候只把文学，把诗当作一项工作，全心投入于剖析和研究，但终于文学里的真善美一无所得；只有在极少的时刻，才透过文学或诗，触动生命真相的觉悟。我实在是一个本末倒置的读者。

因此近来我开始试着重读许多熟悉的诗，说是"读"，不过就是信手翻阅而已，没有笔记也不画重点，只是增加了掩卷沉思的时刻。在那些诗句里，我发现了生命是如此微薄，却美得令人惊喜。就像现在，摊开在我面前的是：

> 而且，那时，我是一只布谷
> 梦见春天不来，我久久没有话说
>
> —— 郑愁予《小溪》

经过了那么多的冬日，昨天行过溪畔，好像已经远远听见布谷在诉说着什么了。

夜雨

野径云俱黑，江船火独明。晓看红湿处，花重锦官城。

夜雨将我带入很深的意境里。

仔细谛听，雨声也有远近、急缓、轻重之别，像无心的错落，又似有意的交织，我躺在温柔的床上，愈想从中分辨那隐约于纷纷里的一根主弦，却愈是被其他的声响所引带而去，"遇之匪深，即之愈稀"。这样的夜雨，像禅，让人既懂又不明白，所以也像一首高妙的诗。

然而在雨里，莫名的悲哀油然渐生。

这是近来经常涌动心头的感觉，或说不是悲哀，只是一种深刻的彷徨，不知何去何从的人生犹疑。眼前的岁月，是应有的大约都已得到，未曾有的却也不是那样强烈的渴望，就像在漫漫长路上，本只是一歇行脚，但转念一想，其实不再起身离去，就把一生依托于此，未尝不是一件好事。这应该是极幸福的一刻，但不知为何，隐约的不安却始终挥之不去，一时或行或止，真煞费思量。

我无端想到了中学时念过的诗："孤帆远影碧空尽，唯见长江天际流。"近来慢慢明白，这首诗在离情依依之外，暗喻了人世的消灭与某些存在的永恒。

世间的一切都有时而尽，无论再怎么不舍，爱情、友谊、荣华与点点滴滴的欢欣等等，终将消失在视野所及的地平线外。我们大多数的人每天所忧患的，应该就是这种逝去的迫切感吧。渺小脆弱的心，无法抵抗命运或时间将要夺去我们所有的那股力量，而在现代化的资本社会里，"一无所有"是比生老病死更可怕的事。因此我们总是不能只求安于现状，而要靠不断地攫取来壮大自我，借以对抗随时可能的失去。生命在如此的争逐中虚耗，每天疲惫且哀伤。我们手掌紧握的，是沙，是水，是一个像夜雨一样迷离的阴影。

但红尘虽是将尽的孤帆远影，令人灰心，诗人却补充"唯见长江天际流"的意象。这便在辽阔的视野中，又重新给人一种启发：世上毕竟有一些东西如滔滔江流，是永远不灭的。一联短诗里，一句诉说无常与幻灭，一句又昭示了坚定的永恒存在，究竟哪一个才是人生的真相，在夜雨幽微的梦里，我已难以分辨了。

第二天在学校里，我意外收到了长辈赐赠的书法，那些墨迹随风荡漾，仿佛非常留恋，亦非常惆怅地写着：

好雨知时节，当春乃发生。随风潜入夜，润物细无声。
野径云俱黑，江船火独明。晓看红湿处，花重锦官城。

　　书法与诗句是耐人寻味的，我回想着，也许夜里的雨声并不虚妄，而是暗中为这个世界带来了一些什么；又或许我们来到这世界也是这样，本以为所逐皆属泡影，然在不经意间却也深深地留下了一些东西。烂漫的校园中，春天好像真的来了，走过繁花绿丛的深处，每一叶、每一瓣都不为什么而欣欣，短暂，却也永恒。

草莓时刻

那绵延不绝的草莓缀饰着天庭的殿宇。

三月傍晚，台北无端沉入春寒。

窗外已模糊为墨汁淤重的山水画，我多盼望此时晚天的颜色能是一种清丽的淡蓝，带着悠远的问候，或是对明朝的期盼。但天色是如此的阴沉，像所有人心事的郁积，轻轻一拧，就要滴出水来。如果是这样，多少正在归途中的人又要发愁了。

妻子在厨房里清洗草莓，女儿在她的小房间，练习穿衣服，她必须加快速度，因为妈妈说她再不赶快来，就要吃光所有的草莓了，但我知道妈妈不会这么做，而且小孩的事，欲速，往往更加不达了。她们的对话让恍惚里的时光细致了起来，我坐在小书桌前，阅读着学生的作业，谈的都是诗，形式、内容、隐喻、青春的向往……每一篇都盈溢而动人，虽然有时不免稍稍雷同，但那些源自生命所谱写的情怀，就像来自不同株枝的草莓，每一颗的滋味都有微妙的差异吧！有人写着"我是肉体的诗人，也是灵魂的诗人"，"那绵延不绝的草莓缀饰着天庭的殿宇"。我知道，这是惠特曼的《自我之歌》，记得诗里说过："我相信泥泞的土块将成为情人与灯光。"

于是我就坐往灯光里，此时便成了我的草莓时刻。

在孩提时代，草莓是相当遥远的事物，和童话中的森林一样遥远，像住在树屋里的小兔子的生活一样梦幻，那是古堡里公主的名字，或只是她裙摆上的缀饰。劳苦重担的父母，提供的是香蕉一般实在、番石榴一样坚硬和西瓜那种汗水淋漓的生活，我穿着捡来的旧衣鞋，读着二手的故事书，这样的快乐就足以使我忘怀卑怯，纵使草莓并不存在于我的现实世界中。

然而我多喜欢像现在这样，看妻子用净水冲毕，将艳红的草莓放在绘了小花的瓷盘上，招呼着孩子来享用。音乐细细流来，淹没了一日奔波的烦忧，我不知道这样美好的一切是如何降临的，窗外在不觉间已飘起寒雨。如果从远处看来，光晕浮华的家，应该是充满平和与怡悦的吧！人生在漫漫的追求里，是不是只期待着如此的一刹那，这一刹那间，是不是所有悲欣与生灭都转瞬消逝，且微不足道？妻子说草莓季就要过去了，我想在往后的长夏与清秋，在飞逝的时光中，我都将记得这一刻。唯我担心起如此温馨，是否亦脆弱如人们眼中的草莓，禁不起世事无情的挤压，亦不耐人生风浪的碰撞，甜美的时刻，为何总有夜幕低垂般的心事呢？

不过，回首来路，既已尽享人生丰丽的果实，其实已无什

么是可失去的。妻子问我要不要多吃几颗，我笑说不用了，我
要回到书桌前继续读完一首长诗。回味着还停留在口中带着青
草气息的甜意，我再一次想到"我相信泥泞的土块将成为情人
与灯光"，但情人与灯光又将变成什么？妻子收拾杯盘，晚间的
卡通开始了，我想起多年前的电影《布拉格的春天》，最后的对
白是：

　　"托马士，告诉我你心里在想什么？"
　　"我在想，我有多么的快乐……"

　　隐约传来的欢唱歌谣仿佛轻轻告诉我：所有的草莓时刻啊，
应该都是带着微酸的。

花落无忧

多少繁华纷落去，人间依旧太匆忙。

作品中写到茶花，意象便格外不凡，白先勇的散文《树犹如此》便是典范，他说："冬去春来，我园中六七十棵茶花竞相开发，娇红嫩白，热闹非凡。我与王国祥从前种的那些老茶，二十多年后，已经高攀屋檐，每株盛开起来，都有上百朵。春日负暄，我坐在园中的靠椅上，品茗读报，有百花相伴，暂且贪享人间瞬息繁华。"这是一篇记录深情与死亡的作品，瞬息的繁华却隐喻了无限的沧桑，读来真令人低回不已。而金庸的小说《天龙八部》，更是以曼陀罗花为隐线的一部作品，里面将茶花写得美不胜收："火齐云锦，烁日蒸霞""春沟水动茶花白，夏谷云生荔枝红"，那些"十八学士""风尘三侠"可真是极品了。

我多年前也在阳台上种了两盆茶花，但不知为何，我们的花季总是晚了人家一个多月。旧历新年的时候，别人家院子里的茶树已缤纷盛放，我们家的还一无动静。直到最近，人家花事早已零落，我们才从含苞到慢慢展瓣——"一样花开为底迟"，因此我总是比别人多了数十日的等待。不过晚来的喜悦也好像更让人欣然，一株开红艳的大花，一株开素净的小花，它们是我家窗边的杨过和小龙女。

散文、小说都有茶花的描写，唯独现代诗里却着墨甚少，是不是因为茶花秀雅的古典美，与强调冷肃的现代主义并不相融呢？昨天读到西班牙诗人费特列戈·加西亚·洛尔加（Federico Garcia Lorca，也译作费德里科·加西亚·洛尔迦）的《吉他》一诗，诗一开头便深深震撼了我：

> 吉他的呜咽，开始了
> 黎明的酒杯，碎了。

在诗中，诗人说吉他的哭泣是为了"远方的东西"，一如：

> 南方的热沙
> 渴望着白色山茶

茶花性喜湿润阴凉，对于"热沙"而言，那不仅是一种生存环境上的向往，更是对那样的世界里所滋润出的生命，有着另一种高不可攀的痴心吧，因此吉他用那潮水般的弦音来传达如怨如慕的心声。

茶花玲珑细致，瓣瓣交叠，静观永远有不尽的况味，只可惜花期不长，纵然我与它细细商量，请它慢慢绽放，不过清明节前后，茶花也就凋谢了。茶花的凋谢不是"一片飞花"那种方式，而是整朵花完整地落在青瓷盆的边缘，使我们沉重地领会春天又深了一点，而美好终有凋零之时。追求美的眷恋与畏避死的痛苦，应是春天演绎的最后主题。我想也许因为有所眷恋，生命才有了乐趣，而处处烂漫的春光，正是使人陶醉的契机；不过也因为有了眷恋，生命里无不充满遗憾与痛苦，欲不达、失所爱，都是在眷恋里得到的忧愁。因此"伤春"是诗里面一个永恒的主题，寄托了人生不可把握的所有美好。

拾起落下的茶花放入盆中，让它成为春泥，一个美丽的生命最好的归宿，应该就是用自我来预约明年更灿烂的花季吧。自然的轮回是多么的辽阔，我想起奚淞那篇描写油画红茶花的散文作品，他最后用《杂阿含》里的话来释然从花落里感悟生死的忧思：多闻世间苦乐之声，乐受无放逸，苦触不增忧……

但我没有办法这么自持与开阔，寂静的春日对我心的触忤是那样的深邃，让我不禁回看自己的生命，担心它是否足够美好，在零落之后还可以为他年的繁华平添一抹红艳。

后记

多年后为那茶花写了三首绝句，附抄于下：

中年心事本栖遑，常恨春来更惋伤。
多少繁华纷落去，人间依旧太匆忙。

坐关原欲破心魔，一觉春迟日已多。
寂寞花开啼血色，初回首识曼陀罗。

处处春心处处灰，常思往事半成哀。
中宵不寐怕幽梦，多少平生历历来。

木头心

星子们都美丽，分占了循环着的七个夜。

　　我在中学的时候很喜欢余光中的诗，拿了所有省吃俭用的零钱，搜购了不少他早期的诗集。那时《与永恒拔河》一本才九十元，在学校旁的书局买还可打八五折，"读余光中诗"变成了我在苦闷的升学压力下，一个精神上的小小慰藉，也让我和终日埋首于参考书的同学，从此走上了不同的人生道路。不过说也奇怪，上了高中后，突然没办法喜欢余光中了，反而对杨牧更着迷一点，大学后开始追逐罗智成的诗行，尔后，夏宇成了"诗"的代名词。"星子们都美丽，分占了循环着的七个夜"，的确，余光中的天狼星，杨牧的北斗星，罗智成"下凡的星""晕车的星"和夏宇的"灯火辉煌的眼"，都曾在我的夜空发光，指引我通向神秘境域，给我一袭辉光斑斓的衣裳。

　　日前谈起余光中，在心底浮起的，不是长江黄河海棠红，也不是甄甄宓宓与德彪西，亦不是答案在茫茫风里的美国民歌或肥肥的雨落在肥肥的田 —— 而是一个孤独的少年,徘徊在旧书店里深长的背影。我想那已不是诗的问题,而是有些少年时的悸动,像藤萝般已永远和生命树缠在一起,微风中便想起那样的季节,心事于是苦涩了起来,中年回首,只觉一片暮色苍茫。

我在真正的暮色中回家,推开门,映入眼帘的是玄关上几双小巧的童鞋:粉红色的运动鞋、深红的皮鞋、绣了花的麂皮靴、豹纹的便鞋、园丁鞋、跳舞鞋、可爱的彩色雨靴、卡通图案的拖鞋……我把童年盼望却得不到的,全都送给了小小的她,好像春天花园里开满的奇花异卉,我们家的玄关缤纷得可以飞起蝴蝶。女儿热心跑来要帮我拿东西,不到四岁的她已经足以将一大袋书拖到书房去,虽然有时她会莫名其妙地将书拖去厕所,让我到处找不到。她那小小的背影,让我想起了余光中那首最简单的诗:

看着我的女儿

高跟鞋一串清脆的音韵

向门外的男伴

敲扣而去的背影

就想起从前

两根小辫子翘着

一双小木屐

拖着不成腔调的节奏

向我张来的双臂

孤注一掷地

投奔而来

——余光中《小木屐》

　　木屐已经在我们的生活里走远了，但我也能明白那古韵般
的节奏是如何敲打着一个父亲已入中年的木头心。而我渐能体
会，原来幸福都只是一种体验的过程，而不可能直到永远；或者
说，一定要等到失去了某种关系后，在追悔中才能明白原来那就
是所谓的"幸福"。我们现在的课程是训练女儿自己套上鞋子，
粘好魔鬼毡，等到她纯熟了这一切，也就开启了"千里之行，始
于足下"的人生了。届时，我该用哪一种情怀来目送她的背影？
还是应该赶紧到书桌前，找出那首彷徨的诗："怎样我又搁来到
昔日苦恋的港边／寻找我美丽的安那其风吹微微／再想再想也是
伊。"中年读余光中，体会了诗情总是在最细微的人生的缝隙里；
在一盏灯点亮或吹灭的刹那；在我们的心，被世界无害通过的那
个时刻。

　　明天我决定要仔细对那些年轻的学生讲一讲余光中，除了
长江大河和射落了九只太阳的祖父，余光中也有人情充满的那种
时刻吧。而我不知道那些青春正盛，于幸福怀有无比憧憬的同

学，是否能明白经验幸福和经验失去幸福在人生里占有相同重量；当她们在读罢《小木屐》一诗，准备套上时髦的高跟鞋出门约会时，会不会特意轻盈步履，以免触伤了她们父亲那质朴得无可言说，但极易潮湿的木头心？

人生原是僧行脚

放下布袋，何等自在。

　　最近感于终日无穷尽的争夺与纷扰，莫名地想起了《灰栏记》。

　　"灰栏"，就是在地上用石灰画一个大圈圈。元朝的李行甫写了一出《包待制智勘灰栏记》的包公戏，讲富翁马员外遭人鸩杀，家中只留下一个由妾媵张海棠所生的孩子，可叹张员外的正室妻子不愿偌大的家产落入海棠母子的手中，硬说五岁孩子是她所生，两个女人争到了公堂上，正是"清官难断家务事"。在没法检验DNA的时代，贤明如包大人也无法清断孩子的归属，只好在地上画了一个"灰栏"，将孩子摆在里面，要两个母亲一人抓住一手，同时往外拉扯，谁拉得了孩子，谁就拥有"监护权"。可怜一个五岁的娇娃，怎禁得起两位臂圆膀粗的女人奋力拉扯呢？……这戏写得真好，二十世纪初传到了欧洲，著名的德国剧作家布雷希特（Bertolt Brecht，也译作布莱希特）将这个戏改编为《高加索灰栏记》(*The Caucasian Chalk Circle*)，成为世界著名的戏剧。

我在大二的戏剧课上读了这个剧本，当时并没有什么特别的感觉。那时总以为"爱"都是轰轰烈烈如《蓝与黑》，天长地久如《蒙马特遗书》，不然至少也要像《日瓦戈医生》或《飘》那么磅礴缠绵。《灰栏记》里描述的爱，好像太素朴了一些。不过近来我发现我们的社会常以"爱"为理由，不管"孩子"是不是痛得哇哇大叫，都要将他拉往自己这一方，拥有了这个孩子，无论是死是活，也就拥有了权力、财富、名位等世间荣华，因此双方人马都宣称是出于对孩子的"爱"，于是便可无济于孩子的痛，死命地拉、拉、拉。有时，我竟感觉到自己就像灰栏中的孩子，左边的把我拖过去，右边的将我扯回来，两边斗智又斗力，我却已想跳出这个圈圈，不再玩这个荒唐的游戏了。

《灰栏记》的故事其实本源于《大正大藏经·本缘部·贤愚经》，其中有"檀腻羇品"一则，故事与《灰栏记》大约相当，在争挽孩子的过程中，其经文曰："其非母者，于儿无慈，尽力顿牵，不恐伤损。所生母者，于儿慈深，随从爱护，不忍世挽。"也就是孩子真正的生母唯恐孩子受伤，只好松手，让孩子被对方拉了过去，然而审判者也从这个当下的不忍中，判断出了真正的亲情。

回顾我们的社会，大约没有人愿意在人肉拔河中松手，也没有人真能懂得放手不尽然是示弱或是不在乎，反之，那才是爱最真实的一面。人间的你争我夺，往往以"爱"来包装私欲，欺人之余，渐渐地，自我也陷溺其中，到最后不免分不清自己手中紧握而无法释然的，究竟是什么了。没有想到，要进入中年，有了孩子，才慢慢明白《灰栏记》，才明白放开紧握的手是需要多少真爱的勇气。

我不知道自己手中是不是也紧握着什么无法松开，而那无法放手的执念又是何物。唯我担心在这样的争夺拉扯中，自己固然筋疲力尽，但最后得到的一切，难道不是损伤累累的吗？走在暖风细雨交织的晚春初夏，天地欣然信美，造物主却不曾眷恋而任其流转，也许这就是天地永恒自在的真谛。唯我于世事总是牵萦而无法释怀，白日的挂虑与殷忧，到夜晚便转换为无尽的失眠和梦魇。夜深起坐，随意翻书，读到了布袋和尚的赞词：

行也布袋，坐也布袋。

放下布袋，何等自在。

在千门万户的孤影中，我想起了楼外城外，那隐秘于幽谷里的清泉，一声一声的鹧鸪——"人生原是僧行脚，暮雨江关，晚照河山，底事徘徊歧路间？"

葡萄叶绿

遗身愿裹葡萄叶，葬在名花怒放中。

甜的葡萄是来自童年的泪水，酸的则是欢笑，没有人会质疑，一串葡萄中，每一颗都是既酸且甜的。日前，浙大的江教授寄了诗人冯杰二十年前的旧作《童年的葡萄向这边遥望》给我：

多少年不闻那种月光的勃动

想必人间的葡萄都睡熟了

在星星松软的蓝巢之中

葡萄都躺在外祖母的童话深处

如此幸福

这诗更让我确定了，每一颗葡萄，都是一次幸福的回忆，童年的故事或是一首经常遗忘的诗。

孩提时候周日是要上教堂的。教会其实就是公寓的一楼，有个小院子，在白色的朴素木门里面唱唱圣诗，听一段圣经故事，祷告，有饼干与甜甜的茶，主日的上午亮得像司琴的伴奏与纱窗外无云的天空。聚会结束，父亲与弟兄们在小院子里搭了木架，姐妹们撒下种子，让绿叶慢慢地爬满。有一天，大家都说："长出葡萄了。"仰头一望，一小串青绿的葡萄挂在藤子上。

终于有一天，我不再仰望葡萄，四处漂浪的日子让我与《伊索寓言》《圣经》和无云的晴空阔别多年，生命里好像也有了一些乡愁。再次相逢，葡萄已经酿成了酒。在一次一次宴会上的水晶杯里，绅士们轮流传递着葡萄酒的种种传说，争辩着许多解释。我不懂那些品种、阳光与水文对葡萄的意义是什么，但我发现了那也是一种信仰。我静默着让馥郁的气息唤起难以分辨的记忆，而我想那灯下的暗紫光影的确是值得沉醉的："所有的葡萄藤都是月光的软梯，一夜纷纷坠下。"如果我告诉绅士们，真正影响葡萄滋味的，是我们童年的心事，或许他们又要笑我标新立异了。但顺着酒意，或许真可回到童年，攀上那藤的软梯便可在月下荡秋千。唯我却不曾醉过，《鲁拜集》里面的醉歌吟唱着："忍教智慧成离妇，新娶葡萄公主来？"于是我便成了永远的醒客，徘徊在寒食与花朝。

现在，妻子便是我的葡萄公主，她去年不知吃了多少斤的葡萄。有一次我们将葡萄籽随意丢在阳台上的花盆里，不知不觉，竟有藤芽在夜里钻出土壤，有藤蔓在暗中攀附着窗格，发现时，它已是一队绿叶，横在陈旧的花格铝窗前。那绿叶最大的近乎手掌，有些长成三个尖，就像敛翅的天使，低首祷告时的背影。天晴的时候，那叶子绿得透明，在风里摇曳着一首古老的诗，当茶花盛开时，我奄忽体会了诗人写下"遗身愿裹葡萄叶，葬在名花怒放中"的感受，毕竟我们都是在葡萄园里工作的人啊。

近来孩子常问我："我们家真的会长出葡萄吗？"我重新把那些古老的故事与歌谣搬出来，让那温驯的狐狸就坐在我们的窗下，让哲学家一般的蜗牛慢慢地享受着绿叶间的阳光。我还准备了一个空瓶子，把一些细琐的交谈、微小的秘密与点点滴滴的心情全部装进去。你们应该都知道，我想酿一瓶酒，也许有一年我们可以围在麝香的烛光中一起品尝，那时我想和你们一起回忆必须乘着光年才能返抵的童年，童年的那一杯夜光。而我们终究也是要被装进那个瓶子里酿成酒的，因为我们都是别人在童年时无心种下的葡萄，甜的来自泪水，酸的或许是欢笑。

烟

沧海月明珠有泪，蓝田日暖玉生烟。

　　最近读到了一个故事：在森林中迷途的青年遇到了抽着烟的大熊，在大熊的劝说下，青年与大熊一起点着烟，走回火山口的世界。那里四季如春，美满和乐，青年也变成了一头熊，和大熊的熊女儿过着快乐的生活。但青年终于思念起人间的种种，于是他偷了大熊藏在枕头下的烟，离开火山口回到原来的世界。一夜，窗前突然明亮了起来，一道烟光从火山口迤逦至他的窗前，那熊妻来到青年家，留下了一支烟，盼他尽快回去；然而，在熊妻走后，他却无论如何都点不燃那支烟，再也回不去了。

　　我多想在此时点起一支烟，递给故事里的青年，要他快快回去那有人等待着他的火山口，惜我戒烟多年，许多凭借着"烟"才能到达的世界，我想我也是从此回不去了。

　　在梦幻泡影、如露如电之外，我觉得人生用"烟"来形容最为恰当。烟是介于有和无之间的物质，是处于暂时性的状态，盘旋袅娜，惹人相思。在古诗词里，"烟"那曲折回旋的姿态被称为"篆"，那是很传神的，"茶瓯、香篆、小帘栊"是文人书房的雅趣。凝望着烟柔缓静谧地逸入天际，散入风里，心情也因之被带去了遥远的地方，人生好像那么具体的存在过，又那么轻易地便消逝了。凝视着烟仿佛能看见许多从前，又仿佛能看见自我日渐消散而终于无有一物的悲哀。

然而"烟"有时当形容词使——"烟花三月下扬州""一川烟草、满城风絮""斜阳正在、烟柳断肠处"……烟之为形为容，取其繁密、茂盛、葱郁、弥漫及映光于反照之色，多写春天，"阳春召我以烟景，大块假我以文章"，我们灵魂深处的骚动，只能被密丽的烟景召唤而出，成锦成绣，为诗为赋。然我总觉得"烟"的形象中，亦隐藏有虚空、短暂、绝望及无可凭托之感，"沧海月明珠有泪，蓝田日暖玉生烟。此情可待成追忆，只是当时已惘然"，也许愈是繁华之所钟，也便愈是接近空幻之所在吧。

现实里有两样"烟"是令人不悦的。一是"烟火"，那耗费甚众却短暂如斯的火光，正象征了人类企图在黑夜的帷幕上绣花而不得的愚蠢可笑。至于纸卷香烟，由于危及健康，近年来成为众矢之的，大楼中已无容身之地，烟瘾来时这些君子只能避走楼顶，那真是吞云吐雾。其实我对香烟没那么大的反感，在廊檐下或街角旁，避风点烟的姿势是何其沧桑而诗意，那能在小小的烟雾中快乐而满足的心情，看来也是思无邪的。记得在遥远的童年，某次春节，与父亲赴他军中战友家拜年，寒暄中主人奉上一支香烟，父亲怡然自得地抽了起来，谈笑间熟练地弹去烟灰，那是我第一次知道原来父亲是会抽烟的。我很想问问父亲为何平常从不抽烟呢？是因为省钱、健康还是信教？……

然而那毕竟是很久以前的事了，我不知道他是否曾经吸着烟到达过什么我无法知晓的国度，在袅袅中是不是又可以让他回到那里。但是我啊，明知有一盒烟就藏在枕头底下，却从不取出点燃它，因为那些使人惘然的追忆，应是没有任何一支烟可以带我重新抵达的吧。

论寂寞

纱窗日落渐黄昏，金屋无人见泪痕。
寂寞空庭春欲晚，梨花满地不开门。

世间有许多可怕的事：飞机、鱼刺、数学小考、赶不上火车、政客的湿湿冷冷的握手，不过这种事情是多多少少可以避免或克服的。老、病、穷、失恋、战争、灾荒、世界末日，这是只能逆来顺受的。然上所言皆不过是身的受难，万一发生，或也有自处之道，惟"寂寞"是心的煎熬，虽不严重却最难对待。作家木心说："人害怕寂寞，害怕到无耻的程度。换言之，人的某些无耻的行径是由于害怕寂寞而做出来。"

寂寞的状况因人而异，有些人离群索居多年却从不寂寞，山光鸟语，弹琴参禅，忙而不茫的生活仿佛在第五大道那么乐活；有些虽然身在最繁华的烟尘里，满座高朋，佳期幽会，然而满心萦绕的终究是 —— 寂寞。可见寂寞不只来自环境的影响，心境才是决定寂寞与否的要素。

人生多多少少寂寞过，历经一回，生命便增长了一些。许多年前，一整个暑假蜗居在租赁的斗室，同学朋友都回家去了，终日就是看书，偶尔听一下音乐，想要运动时就到球场上邀陌生人来个"三对三"，打球是可以很沉默的。整个暑假没有任何信笺，电话也几乎不会响起，一天下来半句话都不用说，与那人间隔着淡淡的一层薄雾，悠悠的一段距离。日子是辽夐得无边无际，那时应该是寂寞的，虽然还不至于无耻。可是骑着车到处晃一圈却什么也没做，几乎觉得能发生一些什么平常不曾发生的事其实也很好，总不知该何去何从……在那种处境里，好像真的对于自我、存在或情感等很抽象的概念有了一些不同的理解。一开学，在扰攘的同学间听着那琐屑的点点滴滴，忽然觉得人间是极无聊却也充满乐趣的；是很难融入却也无法真正割舍的，正是"愈不爱人间，愈觉人间好"。

　　许多人以为半夜最寂寞，描写夜里相思而不能成眠的"辗转反侧"之状，是《诗经》的第一篇诗。"迟迟钟鼓初长夜，耿耿星河欲曙天"，失去了伴侣，唐玄宗的夜色黑而漫长；"嫦娥应悔偷灵药，碧海青天夜夜心"，诗人理解那孤单的清醒是天上人间最可怕的惩罚。不过我却觉得真让人彻底寂寞的是黄昏时分，儿时在《唐诗三百首》读刘方平的《春怨》："纱窗日落渐黄昏，金屋无人见泪痕。寂寞空庭春欲晚，梨花满地不开门。"真的好寂寞啊，那不开的门，门外晒着斜阳的满地梨花，无视于梨花而泪痕渐干的女子，那是一个老去、淡去与终于沉入混浊的心。黄昏真是最贴近寂寞的，残而不灭的余晖，倦而欲返的人群，灯火依次亮起，暗示了一些温馨的情怀，此时凉风一缕却吹动了楼上的窗帘楼外的衣角，那多像是一种遥远的呼唤，拨动了心底最低音的苦弦。

所以在黄昏时能够有晴朗的天气是好的，所以在黄昏时有人陪着散步，从暮色走进华灯中，从繁嚣走进清澈里，那都是好的。我曾经历过这样的片刻——"我们甚至失去了黄昏的颜色，当蓝色的夜坠落在世界时，没有人看见我们手牵着手"（聂鲁达《我们甚至失去了黄昏》）；当然，我亦珍惜过，但终于还是失去了那样依约的情怀。人生终究是有一些非常寂寞的黄昏时刻啊！就在天色还微明我们却突然觉得幽暗而欲伸手打开室灯前的一刹那；那时，就算有荼蘼相伴，又何尝能免去袭上心头辽阔的荒芜之感呢？

时节清和

首夏犹清和，芳草亦未歇。

"空海先生，您认为世间最大之物为何呢？"

空海就回答道："言语吧！"

"何故？"

"无论多大的物体，都能以言语为它命名，也就是都能收纳在以'名'为器之内。"

"有无法以言语命名的大物吗？"

"若是有，到底是何物，您可以说明吗？"

"无法说明。因为在我为您说明的当下，那物体就变得比语言小了。"

最近迷上了怪力乱神的东西，日本小说《沙门空海之唐国鬼宴》给了我很多意想不到的乐趣。话说空海（七七四—八三五，俗姓佐伯，法号"遍照金刚"，死后追封为弘法大师）为习密宗大法来到顺宗时代的唐朝，学法于青龙寺惠果，某日遇上了法力高强的妖猫，这一僧一妖谈起宇宙，津津有味地辩论大小问题。空海的意思是"言语"是人类认识万物的表征，言语所无法表述的，也就是人类无法认知的，无法认知即可推论为不存在，此言亦可反向论证。

这是很高妙的玄理，然我忽然想到了李清照，她在《声声慢》里用了一大串的意象来表达国破家亡、孤身流落天涯的辛酸，最后不免叹息："梧桐更兼细雨，到黄昏、点点滴滴。这次第，怎一个愁字了得！"原来世上毕竟也有语言所无法承载的东西啊，李清照心中那看起来像是"忧愁"的东西，却是比我们所能认知"忧愁"所涵盖的范畴，更为辽阔深邃，可惜空海和尚与妖猫不识易安居士，她的心中隐藏着言语所无法包容的庞然大物。

"言语"实在是一个很特别的东西，看似能涵括一切，却又不真能拥有什么；有时让人很清楚，但大多数的时候使人模糊，大约随时都有两可的性质。而诗歌好像就是借由言语的不确定性，来传达出许多言语确定的部分所不能表述的东西；或者说，在诗里，我们特别能体会语言模棱的特性，与这样的特性中所蕴含的美。如果换成沙门空海的意思，也就是我们在认识一物的同时，除了普遍的存有意义，其实我们也一并认识了该物在抽象或情意上，那虽然朦胧但不可否定的一种状态或隐喻，只是我们为了方便，平常不太说出来罢了；但那种状态或隐喻，说不定才是该物最有价值、最引人入胜的地方。

这几天春阴一散，夏日的光影忽然漫长了起来，在心头萦绕的，是"首夏犹清和，芳草亦未歇"的诗句。在黎明时天空已蓝成了悠远的意味，微风轻来，草木间涵润着清新的气息，一切在喧嚣里，却也在寂静中。当黄昏逐渐落下，与世无争的暮光在每一叶草尖上摇曳，那便让人想起许多童年放学回家的心情，或是一些老去的民歌。风铃在窗前轻轻地敲一些自古而然的声韵，云在天边舒卷得那样自在，这是初夏的，令人叹惋与流连的一刻。然我以为，没有什么比"清和"二字更能诉说这样的况味了，坐在新月下的风里，初夏所有的感觉，以及那些悄悄遗忘又悄悄想起的从前，好像忽然缩小，一切都承载包蕴在"清和"这个模棱的语词当中了。

在清和的日子里，诗人不免有"矜名道不足，适己物可忽"的理悟。或许我们实在应该忘掉束缚灵魂的名与物，因为这样的时节，人生已深深抵达了世界最美好的部分，即使那只是一阵夜风吹过了你久未翻动的书页，即使那只是一阵幽香，来自童年永远不解的高墙隔壁。

曾经向往的一种自由

原来原来是这样爱过的

却也否认如涂改过的诗句

为你弹一些刚写好的歌

顺风时带到远地：

"曾经向往的一种自由像海岸线

可以随时曲折改变；

曾经爱过的一个人

像燃烧最强也最快的火焰。"

—— 夏宇《我们苦难的马戏班》

如果要远行，应该带一些什么在行囊里？

几位同学定期送我他们自费编印的《海岸线》诗刊，这诗刊总让我想到夏宇的句子。诗刊里面的诗都很好，编辑得也很用心，在一个华丽而颓废的年代，诗刊朴素像清泉潺潺洗过我的心。许多年前，我在大度山上，身边的一群朋友也曾这么热烈地拥抱文学，那样的憧憬是我青春的最后一个惊叹号。

　　诗是世间少数真正值得花工夫去理解与记存的东西，它是超乎于事物本身价值之外的另一层存在意义。但我常在想，诗到底藏于何处？

　　　　若言琴上有琴声，放在匣中何不鸣？
　　　　若言声在指头上，何不于君指上听？

　　就像音乐吧，来自琴弦还是箫孔？来自指上抑或气嘘？

　　曾经我认为诗是藏在自然当中的，因为许多好诗都是山光水色、鸟语花香的。于是我试着在一朵素花、一棵老树和窗外的一片远山里发现诗。后来我又体会到，扰攘尘世，未必没有诗的存在，于是诗慢慢浮现涌动在雨夜的霓虹、街角的电话亭、咖啡店里，写在眼神中的忧戚或喜悦、旧小区天空里零乱交错的电线……尔后，我又理解了原来书本里写的都是诗，除了本身是诗的形式的东西，那些侈谈哲学的妙论、讲述历史的兴亡、红男绿女、物理机械、金鱼饲养、减肥指南……仔细品味真有一番诗趣。放下书本，环顾生活，一杯氤氲的热茶、一张陈旧的信笺、被遗忘的老歌、口味绝妙的菜色、晾在窗前的衣服，All kinds of everything remind me of you，若有所悟之时皆应长叹：诗在其中矣。

　　但我发现这些也都不是诗，对很多人来说，这一切都是很乏味的，味同嚼蜡。较诸争一时风头胜负而欣欣然，或是窥名人隐私而既怒且笑，或活成油头粉面、鲜衣怒马的光灿生涯，去体验平凡里的况味而获隽永之情不免太过繁冗沉闷。但当兴趣仅只落在了事物本身的刹那快感，不免当下有所满足，但旋即若有所失，从此只能日日争逐，最后那灵澈的心竟而疲乏竟而残破竟而死亡——且不自知。

所以诗是存活在心里的东西，一如般若，当我们在心里放进了"诗"这样东西，刹那间便能挣脱现实之苦，那来自必然的短暂、贫乏、厌腻与幻灭的苦。在诗里，这些苦都升华为一层记忆与感受，那于生命而言，就是自由，就是永恒了。

> 生命的树上
>
> 凋了一枝花
>
> 谢落在我的怀里
>
> 我轻轻地压在心上
>
> 她接触了我心中的音乐
>
> 化成小诗一朵

—— 宗白华《小诗》

让我们心中从此都充满音乐吧！

能在年轻的心里放入一种称之为"诗"的东西，那无疑是相当甜美而幸福的。人生漫漫，带着一颗诗心旅行才不寂寞，才能明白一些偶然的深意以及旅途的美好。每当我的信箱里出现了新的诗刊，我便想起了很多昔日的梦，或许是我至今都还不断做着的梦吧。在这个梦里，生命充满向往，却也如此自由。

燕子

可怜处处巢君室，何异飘飘托此身。

　　高铁站的站台正对着一片荒芜的旷野，没有什么人特别整理过的空地，在这春夏之交，也显露着生命本身的昂然与自如。等车的时候，半晴半雨的天色透露了微微的阳光，湿而温和的风拂面吹来，好寂静的午后啊，眼前的风景让劳顿的旅途有了另一种难以言说的况味，既孤独又甜蜜。这时，苍灰的空中出现了几个黑点，几条倏忽闪烁的弧线——是燕子。

　　也许燕子在车站的顶上或高架铁路的桥下筑巢，几只玄色的小鸟来回飞行，时隐时现，那样矫健的力与美，恰似在空中写一个奇妙的草书文字。据我所闻，雨前雨后一些昆虫的翅膀因为沾上了水汽而让它们飞行得较为缓慢，因此正是燕子等鸟类捕食的好时机。然而此刻无论它们是否正在为衣食奔忙，我都为它们飞行的姿态深深着迷，那样轻盈的回旋转折，那样迅捷地往来上下，人与兽都是为地心引力所苦的动物，永远羡慕飞行，尤其是燕子睥睨尘世之潇洒、顾盼随心的从容，还有那永无止境的自由。曾经有个心理测验：隐形、永生、飞翔、预知，何者是你心中最盼望得到的？如果是现在，我一定选择飞翔，和燕子一般诗意地飞进那最初最纯净的夏日时光。

不觉想起了多年前小学里合唱比赛的一支曲子《燕子》：

> 燕子呀！听我唱个我心爱的燕子歌，
> 亲爱的听我对你说一说，燕子啊！
> 燕子啊！你的性情愉快亲切又活泼，
> 你的微笑好像星星在闪烁。
> 啊！眉毛弯弯眼睛亮，脖子匀匀头发长，
> 是我的姑娘，燕子啊！
> 燕子啊！不要忘了你的诺言变了心，
> "我是你的，你是我的"……燕子啊！

那时我们这群城市的孩子只熟悉麻雀，并没有真正看过燕子，也不明白什么是"诺言"与"变心"，但是那如吟如叹的旋律，还是让人心动，想流眼泪的。长大后渐渐知道，原来啊，燕子是爱情的小鸟，古代的乐府诗里，形容一位初嫁的幸福新娘："卢家少妇郁金堂，海燕双栖玳瑁梁。"不幸她的丈夫出征边塞多年不归，家中"暗牖结蛛网，空梁落燕泥"，在屋顶上呢喃的燕

语仿佛特意要引起那女子的悲怨一样。我现在懂了，所有的情人都是彼此的燕子，那样热烈而轻盈活泼地活在对方的梦里；而所有的燕子，都是在不远的檐下，代替不在场的情人聆听那企慕不已的情歌的吧！

遥远的旋律萦绕我心，在悄立等车时竟也不免有了无限的怀想。许多人，包括我自己，都曾经埋怨车站为何要建筑在这么荒凉的城市边缘，造成了许多不便；不过能在奔忙的旅程中偶然亲近自然天地，于悠悠蕴化中沉思片刻，品味"细雨鱼儿出，微风燕子斜"的意境，其实也是十分美好的。旅途中已有太多咖啡厅的空望与购物商场的徘徊了，我宁愿在此对着空旷的时节轻轻吹着口哨："燕子啊……"

列车进站，笛声长鸣，心里很惆怅地和飞在站台边的小燕子道着再见。奔波是人生一苦，燕子也正是这种苦的隐喻，杜甫晚年在湘水边，临终前仍无以为家，寄居在一条小船上任意漂荡，他为飞来舟中的燕子写了一首小诗：

　　湖南为客动经春，燕子衔泥两度新。旧入故园常识主，如今社日远看人。

　　可怜处处巢君室，何异飘飘托此身。暂语船樯还起去，穿花落水益沾巾。

在高铁的飞驰中，暮色渐临，许多旧事如风景一样迅速闪现而消失。倘若从遥远的距离来看，那些为衣食奔忙的身影和匆匆心事的姿态，多少都带着一些诗意的联想，像流落江湖的诗人，像燕子。

情味

老来情味减，对别酒，怯流年。

况屈指中秋，十分月好，不照人圆。

　　最近愈来愈喜欢辛弃疾，据说他年轻时是一位武艺高超的带头大哥，领了一标弟兄在金国占领区作战，出生入死，干出了一番轰轰烈烈的事业。南渡以后，由于朝廷与北方的金国已达成和议，辛弃疾这位力主抗金的爱国志士便颇遭冷落，满腔热血挥洒为诗篇，满是勃郁苍劲牢骚。但如果只是发牢骚，自然不能成为动人的杰作，他在感叹人生不遇的句子中往往对生命提出了不同于寻常的见解，这是他最了不起的地方。以前对他这种"悟入"之态有一点反感，觉得太刻意、太造作，不过近来却发现他的话句句都写到我的心里，好像在千百年前便成了我的知音，心中的踌躇顿挫，总是轻易地为他所揭露出来。

　　"老来情味减"，他在《木兰花慢》这阕词中一开始便这么说，真是百无聊赖的人生啊！然我发现了这就是我的现况，渐渐对一切事物感到了一种乏味。以前想要证明的真理，想要追逐的成就，期许自己完成的目标，不做便觉得必然留下遗憾的事⋯⋯总之，这些东西突然间失去了吸引力，失去了"情味"，在这些事里感觉不到什么真实的愉悦与隽永的回味。

以前的人生是多么容易快乐啊：领了两千元的奖学金，图书馆通知一本预约很久的书可以借阅了，有朋友还记得自己的生日，班上的女同学邀我去看《情书》这部电影⋯⋯甚至看到透过榕荫的午间金阳点点落在草坪，竟而感到世界是如此灿烂可喜。但这一切不知何时悄悄离我远去，算计得失和估量效益成为每一件事的最初与最终，终于我让自己成为一个乏味的人，我与世界互相感受不到对方的"情味"，真正地百无聊赖了。

辛弃疾以"壮语"写成的名作《破阵子》讲到后来，把人生归结到"了却君王天下事，赢得生前身后名"的功业上，然他却在最末一句说："可怜白发生。"看哪，就算再怎么成功的人，终究是要可怜白发生的。这就教人不得不思索，年华是如此短暂，用来赢得虚名是否值得？这让我也不免犹豫了起来，许多的人生成就都是拿牺牲换来的，参加一场应酬的晚宴便顾不得妻女，熬夜赶一篇论文必然损害一点健康，长途跋涉出国开会又徒增许多劳顿，多指导几位学生多上几门课便没有所谓的休闲⋯⋯各行各业都有其苦衷，都有着"若非如此"便"不得如何"的条件限制，营营一生，当有了一些荣誉加冠在身上时，也不免"可怜白发生"了。寻寻觅觅是生命的常态，冷冷清清属必然的结果，王国维认为辛弃疾《青玉案》所揭示的"众里寻他千百度，蓦然回首，那人却在、灯火阑珊处"是一生的最终境界。也许在热闹的人群中浪迹一回，完满地体验了眼耳鼻舌身的种种丰富滋味后，才能觉悟"情味"乃是在这些感官刺激之外的。那疏疏落落，年轻时觉得清冷的世界，这时反而是疲倦的心所能安歇之处。

在"歌倦听，酒愁倾，文章只恐近浮名"的时刻，让我真能感到情味悠长的，也不过就是和女儿讲一些小猫迷路、小狗买菜的故事，或为长久遗忘的花草浇一点清水，或是读一段辛弃疾——"老来情味减，对别酒，怯流年。况屈指中秋，十分月好，不照人圆。无情水都不管，共西风、只管送归船。秋晚莼鲈江上，夜深儿女灯前……"

寻常

酒债寻常行处有，人生七十古来稀。

　　回母亲家吃饭时，母亲说前几天见过叶先生，她以股东的名义签了一些文件，外祖父身后所留下的贸易公司就算正式结束了。母亲说那些当年公司里的人，有些正在住院开刀，有些已病死异地，还有几位已不知所终了。总之，拖着病躯在处理这些最后文件的叶先生很悲哀地说公司走到这里，是"家破人亡"了。母亲和我说着这些，好像并没有太感伤，也许是"中贸"公司除了一份父女的感情外，盛衰之事对她这个挂名的股东而言并没有太多的意义吧。而我无端想起了"西风换世也寻常"的句子，新时代抹去旧时代的痕迹，永远是这么宁静、确实与寂寥。

　　"寻"和"常"最早是度量的单位，所谓"八尺为寻，倍寻为常"，这样看来，一寻约莫是今天的二百四十公分左右；"倍寻"有两个可能，一是"寻"的一倍，也就是十六尺，一说为"寻"的平方，也就是大约今天的六平方米之大小，差不多两坪。

古人称好战的君王为争"寻常"之地而动干戈，可见"寻常"在古人心目中是很小的。不过"寻常"后来多用为"平常"的意思——"旧时王谢堂前燕，飞入寻常百姓家""酒债寻常行处有，人生七十古来稀"。年年岁岁，西风都是要换世的，因此西风换世虽然让人不忍，但细推终是要承认，那是很"寻常"的，可以感伤，却必须要坦然接受。

我对"中贸"公司只有极浅的印象，地点在南门市场对面的大楼中，颇为宽敞，外祖父董事长的办公室尚称体面，四面挂着字画，大桌上亮着青灰瓷马的座灯，照着一幅未完成的书法，整体而言像一个文人的书房，不像一个商人"办公"的地方。办公室外尚有一铺着地毯的小客厅，皮沙发散发出一种既文明又野蛮的奇特味道，墙上挂了"花开富贵"的国画，小几上搁着一组绘了菊花的白瓷杯壶，我猜想那里可能是为了招待什么大人物用的，迥异于我平日世界的氛围。我大约与母亲去过两三次，那是一个纯粹大人的世界，对一个孩子而言，在窥秘的热烈心情丧失后，那样的世界就是冗长而乏味的。渐长后慢慢明白，那公司其实无甚业务，不过就是纺织品的配额买卖罢了，然而使我不能忘却的，是我曾经无知地踏入，在朦胧间所感知到另一个真实世界的冲击感，那就像是一个忽然的梦，如今又忽然醒了。

其实早在数月前，我便陪着从美国回来的舅舅去过一回，过去的"中贸"已换为另外两间公司，一边是做珠宝生意的，一边是一间律师楼。金碧辉煌的门面，翩翩盈盈的红紫兰花，庸俗之中也有一番气象，一个孩子的梦仿佛还关在其中。舅舅是实际上的股东之一，他在那里殷殷询问，讨论商量时，我突然无聊了起来，我想起了那间小客厅，皮沙发，白瓷的茶杯，世界有进步与明朗的阳光，却也有着空泛而寂寞的心。

母亲对我说，极瘦极憔悴的叶先生说公司当当卖卖什么都不剩了，很惭愧，也很抱歉……只交还了一幅外祖父当年留在公司的字画，老一辈的人对这些事还是很看重的。人世就是如此地交接与流转下去，并不为谁的叹息而停留。"被酒莫惊春睡重，赌书消得泼茶香"，繁华事散，我想起了"寻常"还有很"轻易"的意思，对流光而言，要抹去如何隆重的人事，都是无比轻易的吧！如今我坐在红了樱桃、绿了芭蕉的孟夏窗前回味这些心情，许多年后，或也要感伤今日之怀抱，"当时只道是寻常"了。

蝉的话

无人信高洁，谁为表予心。

蝉叫了，夏天来了。

夏天的白昼是这么灿烂，夏天的夜晚是那么的旖旎，六月的世界神秘地切换了天色与风向，还有一些人淡淡的人生。我欢乐的回忆，几乎都融入了夏天的光影：小学最慎重的毕业典礼、海浪潮湿的气息、联考完后松了一口气的长假、无所事事的年轻、热浪扑面的爱情和约会、树荫下的阅读沉思、长途旅行与旅程中静谧的黄昏、婚礼教堂的钟声、午后的梦……这么多的美好，幸福已满溢生命的酒杯，就像夏日，无处不流淌着如蜜的金色艳阳。

但我不能忘怀的，是初次对夏天的知觉，是蝉声。

童年的校园到了五月，蝉声稀稀落落并不引人注意，到了六月，随着高年级练习《骊歌》的合唱，凤凰树上的蝉声和火红的凤凰花燃烧成真正的烈夏，"国语"已上到最后一课了，"数学"

的习题簿也快写完了，怎么还不放暑假呢？窗外是无垠的蓝，一切都显得好遥远。

盼到了暑假，爸妈规定一天要读一首唐诗，七月雨后的黄昏，读到了"倚杖柴门外，临风听暮蝉"，是啊，滂沱的西北雨一停，夕阳照满大地，是父亲下工回家的时刻，也是蝉声重燃的时刻，再晚一点就是蛙鼓了，雨后、黄昏、等待归人的心情，这首诗是好的。到了九月开学前，读到了："蝉鸣空桑林，八月萧关道。出塞复入塞，处处黄芦草。从来幽并客，皆共尘沙老。莫学游侠儿，矜夸紫骝好。"这诗对我来说太难了，不过八月蝉鸣，确实很切合时景，尤其是那个"空"字，没错，蝉鸣的夏天实在是很空疏的，我不知道是因为单调的蝉声令人无聊，还是因为蝉鸣急急，更衬托出了一种疏懒的假期心理。不过诗是不必真正读懂的，再不多久，便发现远处的山头长出灰白浅黄的一片，那也许就是"处处黄芦草"吧，多识草木鸟兽之名也好，诗就这样一直读下去，下一个暑假结束前，便把《唐诗三百首》读过一遍了。

一季的蝉都在说些什么呢？诗里面提到很多："露重飞难进，风多响易沉。无人信高洁，谁为表予心。"原来蝉有许多高洁的思慕，却得不到世人的理解。又说："烦君最相警，我亦举家清。"蝉不断地告诉失意的诗人，其实寥落与幽独，正是人间最耐品尝的况味。这些话，我默默记在童年的心里，却是近来才慢慢听见，渐渐理解的。在烦嚣的台北市，能听到蝉声毕竟还是让人很喜悦的一件事，有些事情并没有离我们远去，那小小的知了，还是像对着古人一样的殷勤来对着我歌唱，纵使树已经那样稀少了，夏天还是一样辽复。时间过去，有些东西不曾改变，有些零散而微小的感觉，不知为何深深地留在心底。

暑假已至，牵着女儿在校园里散步，原本充斥廊庑间的笑语，应该也追逐着我年轻时夏日追逐过的世界而远去了，校舍空成一种心意。暮色里蝉声如雨，还是那样清切。四岁的女儿问我：蝉都在说些什么呢？我说和我们一样在说童话故事吧！是什么故事呢？

我握着她的小手缓缓走进蝉声里，那样幸福的雨水打湿我的心，是什么故事呢？蓦然想起刚上中学时，音乐老师教过的一首歌："夏天一到我就悄悄地想起：茅屋旁的池塘晴朗的天空，清晨浓雾照着翠绿的山峰，水田里的秧苗小小的山冈。每当芭蕉树要开花时，一朵朵含羞地开在幽静的池塘边，金黄色的夕阳西斜，晚风轻轻飘。多迷人的光景，难忘的回忆。"唉！年年岁岁，蝉说的应该就是这样的故事吧。

爱与烦恼

想起爱情，最初的烦恼，最后的玩具
—— 余光中《莲的联想》

　　大家都说《玩具总动员3》很好看，一时兴起，便与妻女一同前去欣赏，坐在电影院里，这才想起我已五年未进戏院，我不知道五年中有没有错过什么。

　　记忆中，《玩具总动员》第一次上映已经是十几年前的事了，那时我也不过是一个有着热烈理想，却对人生束手无策的大学生。时光匆匆，电影中第一部的小男孩到了第三部已经成长为一个将要上大学的十八岁青年了，而我这十余年来，正是"三十功名尘与土，八千里路云和月"，在奔忙中蹉跎了青春，已然成为一个劳劳碌碌但仍然空乏的中年人。

　　排除一些美国式的幽默，电影和前两集差不多，表现的是"爱"与"烦恼"的共生问题。有了爱，便产生眷恋与割舍的问题，便产生被弃的痛苦与执着于往日情怀的忧伤；不过也因为有了爱，在面对幻灭与死亡时，好像也多了一点无畏和坦然。许许多多电影或文学着迷于探讨"爱"的权利与义务，我猜很多读者都能在其中得到一点小启发，或是找到自己似曾相识的影子。

爱是一种烦恼的根源，在传统文化里是早已存在的定见。白居易晚年得女，深深觉得这女儿十分可爱，但也感叹自己终究无法逃过生命的促迫，无法多享天伦之乐："酒美竟须坏，月圆终有亏。亦如恩爱缘，乃是忧恼资。"（《弄龟罗》）

我现在渐渐可以体会白居易这种心情。当对一个人有那样浓烈的情感时，实实在在会为了无法与她多相处一点而心生遗憾；甚至，会因为那样紧密的关系可能在未来出现裂缝，而不由自主深深担忧起来。我最近常问妻子的是，万一女儿九月去上幼儿园后，有了自己的朋友就不理我们了怎么办？万一她长大后考上外县市的学校，你要让她去念吗？万一她以后要嫁给外国人……这样一直问到自己都大笑起来为止。

爱之所以与烦恼共生，主要而言是因为情感的牵系，使得生命负载了太多不必要的担忧、恐惧与无法割舍的眷恋，当这些事与现实生活产生冲突时，问题便横亘在彼此的心中。电影中，大男孩想起了那些玩具为他的童年带来了无限的欢乐与梦想，一时间便不忍将玩具送给邻居小女孩，但又不能将它们带往自己未来的生活，一时颇费踌躇。而一只玩具熊也因无法接受它的主人移情于其他玩具，终于扭曲自我而走上"歧途"。也许这些"爱"，都只是一种"私情"，而非真正的大爱。

爱要能超越烦恼，必先排除"占有"的欲望与"回馈"的期待，并且要对人世的无常有一些通达的认识以及真心的接纳。不过，这些毕竟是很不容易的事，所以在还没有这般境界之前，我仍然须接受这种幸福的烦恼对生命的小小啮咬。这让我想起了大诗人徐志摩的名句：

你我相逢在黑夜的海上
你有你的，我有我的方向
你记得也好，最好你忘掉
在这交会时互放的光亮

为了成就对方未来的幸福，便劝对方遗忘了自己的爱，这样无私的胸怀更加呈显此情此心的宏伟高华。只是那些市侩的美国人，专门把这种"交会时互放的光亮"拍成电影来"赚人热泪"，看多了以后，不免让我们误以为这种爱虚幻不实，只是戏里才有的；慢慢遗忘了在我们心中原也有这样的一份光亮，可以让自己的小世界沐浴在那永恒的光亮中。

聊天

一壶浊酒喜相逢，古今多少事，都付笑谈中。

为何闲谈要称为"聊天"，这大概很难考证。我猜因为"天"是遥远的、空阔的，且虚实不定，很像闲谈的内容和状态。

人类是最爱说话的动物，整天讲个不休。白天面对面讲，晚上电话对电话讲，还讲不够，网络上有"聊天室""聊天系统"等，话真是永远说不完。市面上还有担心人不会聊天的种种指导书籍，电视开了不少专门聊天的节目，各种名嘴和大嫂团专门聊给别人听……如果废话可以回收当燃料，世界就不会有石油危机了。

孔子最不喜欢"群居终日，言不及义"的行为，可见几个人没事坐在一起胡扯，在先秦时代就很多。不过考察《论语》，这部"语录"本身就是对话的记载，里面的人"群居终日"是肯定的，但因他们大多讨论政教问题，所以应当属于"义"的一部分而未遭到反对吧。

后来这个"义"字加上了"言"成了"议"字，至东汉而产生了"清议"之风，就是师生课余闲谈，主要讨论朝政，月旦人物。士人在言论间互相推崇高标名节，并痛诋朝中宦官掌权的种种恶状，后来竟酿成了"党锢之祸"，参与清议的士人惨遭屠戮，可见祸从口出。惧祸之余，谈风未能稍减，只是改了主题，成为"清谈"，竹林七贤之流就专讲些无关现实的老庄玄学，看似"言不及义"，但这种风气却暗暗反映了时代的黑暗与读书人的无奈。

　　"谈话会"可以分为两种：一是有个主题性的议论，参与的人各依专长提出见解，不过这类讨论最后终究定是没有任何结论的；另一类是话家常，就不限主题、没有规范地乱讲，最后必然变成说人不是、流长蜚短的渊薮。人类为何喜欢高谈阔论或讲人是非？我想无非是借此来验证自我的高明或造成一种团体的紧密感。甲对乙说丙的不是，显然甲在道德或智慧上高于丙，乙欣然同意，可见乙对甲的认同感及友谊高于丙。所谓的"党"，大约就是这么一回事。所以自古有"党争""党祸"，所争者到底不是"义"的问题，而是我高于你还是你高于我的意气之争而已。

　　聊天看似毫无意义，只是徒然地浪费生命而已，但也不尽然。异族统治的金朝后期，"谈辩"之风很盛，状元王鹗就说自己"玉堂东观，侧耳高论，日夕获益实多"，可见聊天漫谈也是可以有内容、有提升的。依我个人的经验，有内涵的聊天决定于参与者的品性、学识与反应。有品性者，便不落入歪曲事实、道人是非的无聊状态；有学识者，便能引经据典、字字珠玑，透过三言两语使人茅塞顿开；反应快者，一语解颐，增添了漫话的机趣和互动性，让思想、语言成为高度的艺术表演，让人竟日不倦。有这样的人一起聊天，足以写成一部《拊掌集》《解颐篇》或《快哉录》。

不过最引人入胜的聊天，往往是随机发生的，"偶然值林叟，谈笑无还期""一壶浊酒喜相逢，古今多少事，都付笑谈中"，虽然也是言不及义，但给人高妙之感，人生在奋斗以外或也可容许一些无所用心，或者说，真正的"道"，是要在无所用心处才能清澈明鉴的。"因过竹院逢僧话，又得浮生半日闲"，人的一生本来就是漂浮而无定的，闲适与功业、论道与聊天，在所谓的"浮生"里，应该也可以等量齐观吧。

Say Goodbye To The Crowded Paradise

她的名字叫苏珊，年轻又无悔
溃散的眼瞳，仿佛在数说我们不够坚定的感情
——《凡人的告白书》

情歌是为了青春而存在，还是为了追忆青春而存在？

有时我觉得所谓人生，不过就是对青春的无限缅怀，甚至可以说人生只不过是穷毕生之力企图还原一次无心错过的青春而已。因此青春就像一枚指印，秘密地盖满当下生活，当我们顺着其中细致的纹理慢慢寻索，那么我们将看见存活在日子里的点点滴滴，似乎都是为了追抚某种曾经的情怀，或是悼念已然溢逝的纯真年代。倘若有一天心情已不能被大多数为青春所写的情歌感动，那么生活无可避免地将有一些淡淡的寂寞。

由地面仰视摩天轮复杂的结构，耳边似乎响起那略带苍茫的歌声：

一辈子能够遭遇多少个春天

多情的人他们怎会了解一生爱过就一回

沸腾的都市　盲目的感情

Say goodbye to the crowded paradise

　　乐园总是拥挤，旋转木马的铃声清脆，冰淇淋车的歌声甜美，还有那多彩的气球像童年的愿望，焦糖爆米花温暖的香气如回忆初恋。多少恋人的俪影来到拥挤的乐园，借着孩童的天真来诉说感情的纯洁；而又有多少游客，其实是来回忆那如水东流的往日，凭吊昨天浪漫无邪的自我？

　　自从巨大的摩天轮为城市矗立起一方新风景，不免感伤"唤起对满怀憧憬的青春的回忆"也成了一种商品。这尊高一百米，直径七十米的摩天轮，据说是仿日本东京台场的摩天轮制成，只是 size 略小一号；一次轮回所需约十七分钟，商人为其命名曰"十七分钟的幸福"。从某种意义上来说，台湾人对于"幸福"一事的确切感，可能大多来自日本偶像剧，因此这尊摩天轮，不仅复制了东京台场摩天轮的外形，其实也试图移植偶像剧里过度浪漫的精神主题，以及台湾人从未认真思考过其内涵与形态究竟为何的所谓幸福。说来悲哀，我们活在一个连浪漫与想象都需要进口的社会；不过深信"消费就能得到幸福"这件事，虽然只有短短的十几分钟，但从某种意义上来说，这也未尝不是一种幸福。

　　究竟是悲哀还是幸福，坐在车厢里眺览台北市窳陋风光的游客大约不去理会这样无聊的问题。在这个片刻里，随着车厢的缓升，且以一个孩童的心情宽容世界的所有杂质，且以一种稚拙的眼光来审度眼底这个灰暗的世界，用一点想象力回到万物皆美的天真情境。或是试着感受在半空中接吻的青涩恋爱，借以怀想远去的青春，那首遥远而依稀的情歌……但这一切在渐晚的冬意中却让人疲倦，那些像雨水一样清冷、像蜿蜒在黄昏的河那样悲伤远去的青春，似乎不该以这样的方式被消费掉，或许该找一台旧式的点唱机，随银币滚落出这首寂寞的歌，并轻轻打拍子：

> 一段情可以忍受多少的考验
> 有人找到他自己的答案当他不需要爱情
> 流行的都市　　不安的情感
> Say goodbye to the crowded paradise
> Say goodbye to the crowded paradise

圆山儿童乐园里那台小小的摩天轮，已经随着"乐园"的结束而除役停驶，最初观望世界的方式便这么安详地告别了现实人生。在不知不觉中轻易失去的纯真观点，就好像经历过了不够坚定的感情，情歌便不再动人，"失乐园"的中年人，在这样绕了一圈回到原地后，欢乐的人潮与某种卖场特有的郁窒气息扑面而来，这时无论是想起童年的乐园或是初恋什么的，一些淡淡的寂寞总是难免的。

秋来相顾

秋来相顾尚飘蓬，未就丹砂愧葛洪。

痛饮狂歌空度日，飞扬跋扈为谁雄。

—— 杜甫《赠李白》

　　周末的夜晚，在一○一购物中心内部自上往下俯瞰，通明的灯火映照在粗大光滑的石柱及晶洁的地板上，衣香鬓影，笑语喧哗。凝望良久，仿佛进入一种无声无觉的疏离状态，套用陈腔滥调的文学术语：周遭的光影肤触，魔幻而写实。若以宗教的概念来阐释，眼前一切均属妄念所营构的五色楼台、散花天女，是如露如电的梦幻泡影；或以童话的记忆来比喻，灰姑娘初遇王子的那个场景大约如此。但我喜欢站在这里泛览人间并胡思乱想，专柜的橱窗里一边是秋装 New Arrival，一边是夏季五折的清售，提着路易斯·威登的名媛，背着 Coach、Dior 或 Burberry 的少女，像优游的鱼穿梭在水晶宫里，人人都洋溢着那幸福的闪电告诉我幸福。

粉妆玉琢的台北市很适合年轻单身的女性。百货公司的楼层中专属男性的不及女性的三分之一，大部分在折扣特价的也以女性商品居多，那些气质素雅的茶店，调性温暖的餐厅，也好像专为年轻女性设计一般，连捷运站都有妇女候车专区。我所认识的年轻女性在台北的生活颇令人向往，工作当然也有困顿辛苦之处，但她们不需要靠蛮牛或保力达[1]来恢复元气，她们懂得在小吃街点一盅四物人参鸡汤滋养补益，或是借由奇异的花草茶养颜美容，甚至可以在PUB无害的酒精中得到小小的放纵以舒缓压力。假日来临，干净的风格茶店或高级餐厅便会出现她们的俪影，她们喜欢在柑橘甜香的红茶与梦幻精致的蛋糕间交流心事并感叹人生。她们经常相约登山或一起练瑜伽，并定时在健身俱乐部完成一场汗水淋漓的有氧运动以驱除工作与生活的积郁，然后以远古而神秘的芳香精油，升华肉体成为一种灵修的清空状态。她们大方地交换生活情报，哪里的美发沙龙设计师又帅技术又好，哪里又有名牌的Outlets……总之，以"多彩多姿"这样俗套的形容词来表现她们生活之丰富大抵没错。

年轻而单身的女性并非只有物欲，在诚品、在Page One总能遇见她们，也许她正在规划一次北非的自助旅行，也许她突然对中古欧洲的历史发生兴趣，或者她正打算重新装潢自己的小公寓或是换一辆车，她可以轻易地得到这些信息并享有其中的乐趣，

---

1 蛮牛和保力达是功能饮料的名称。

当然，她们也会顺便买一本王文华的新书或英文版的《哈利·波特》，如果适巧得到不错的活动信息，也许在明天的易经讲堂或音乐厅的大提琴演奏会上，又会遇见她们。

自信而怡然的年轻单身女性，以她们的品位与才干悄悄改变了台北的某些风貌，那些器皿必须更细致，那些服务必须更体贴；城市有时因为她们而妩媚，有时因为她们而自由。她们并不排斥深深的恋爱或一个温暖的家庭，开 Lexus 的丈夫胡子刮得干净而 Bally 西装雅致；上双语学校的小孩英文流畅而绘画富于梦想；厨房是全套的德式自动化配备，寝室随着床单的色调散发着时而法国、时而意大利的风情。

可惜大学时邀她们去阳明山赏花的学长皆已家业两成，发福且微秃；联谊时玩得愉快却慢慢消失的男孩如今多为业务忙得焦头烂额；发出酸味的男人一身是病之余，假日只对 3C 卖场的 Show girl 或林志玲产生幻想。而那位当年因为女生出国念书、男生入伍当兵而分手的情人，偶然在机场重逢，才知他已经在上海开了店、落了户、生了根——"君若到时秋已半，西风门巷柳萧萧"。

彼此祝福或互留 e-mail 后，年轻的单身女性回到粉雕玉琢的台北，继续纵横职场，继续漫游生活，并在周末的一〇一（一个现代的天上人间）与我擦身而过。

故侯瓜，先生柳

路旁时买故侯瓜，门前学种先生柳。

我在学校里虽然搞点杜甫研究，其实心里很喜欢王维，儿时在《唐诗三百首》里读到一位少年时代便"一剑曾当百万师"的小英雄，中年以后竟然被朝廷弃置，成为一个忧悒的老人，"路旁时买故侯瓜，门前学种先生柳"，将生命淡泊成一片古庙的寒钟，一抹陋巷的残阳，我心中叹息连连，很为他抱不平。所幸后来国家有难，朝廷震恐，皇帝才想起了这位老将，"节使三河募年少，诏书五道出将军"，他的生命便有了风起云涌的转折。诗的最后没说他成功了没，但我心中是盼望他射将建勋的。

前几天在微风超市买了几条山苦瓜，忽然想到这篇《老将行》。

山苦瓜碧绿玲珑，一条只有半个手掌大，表皮凹凸嶙峋，栉次成文，素雅而脱略凡相，灵秀之外颇有风骨，就像它的名字，"山"若有隐逸的气象，而"苦"则是历经了人生无数波澜后，所领略的人间况味。在繁华如梦的物质社会里，能偶然得到这样素朴这样可爱的瓜果，实是庆幸。回家后赏玩半日，舍不得吃掉它。

据说秦朝亡后，东陵侯邵平种瓜于长安东门，人贤瓜甜，传为美谈，李白《古风》曰："青门种瓜人，旧日东陵侯"，诗中不免有怀才不遇、万事悠悠的感慨。但这毕竟是封建时代的文士怀抱。其实能在扰攘的乱世，学陶渊明荷一把锄头，饮一盅浊酒；学范石湖"已插棘针樊笋径，更铺渔网盖樱桃"，在年年的豆荚榆荫、岁岁的瓜熟蒂落中饱尝大地的丰润，眼看世事如沧海如桑田如烈火如轻烟，这样的人生可能更接近我们心底的幸福。

幸福的青鸟多从宁静的黄昏飞来，又向白昼的喧嚣隐没，它的歌是无言的神秘，只停驻在缄默的心中。我将山苦瓜置在大瓷碗里，眼看暮色占满家中，斗室成为一幅欲言又止的油画，像睡莲慢慢阖起她的指瓣，世界被包含在我的彻悟里，不再纷纷。

再次翻开王维的《老将行》，重缩百万雄师兵符的将军能否功成似乎已无关宏旨了，我猜金甲长剑的老英雄，在故侯瓜与先生柳的生涯中必然对勋业对行藏有了更深的了悟。我们这个时代之所以这样急切、这样在乎；我慢慢觉得，大唐盛世背后，那种甘于微苦的恬适，淡泊平凡的心迹——就像山苦瓜所蕴含的心事，而这仿佛正是我辈中人所最欠缺的。

辑三

花间一壶酒

兴 · 味

若能杯水如名淡，应信村茶比酒香。

求兴

"兴"是古典诗学里最重要，也是最神秘难以解释的东西。它可以是一种手法，如排在诗六艺最末的"赋比兴"；它也可以是一种被表现的主体，代表着人生在某些状态下所产生的情趣，如"杂兴""感兴"等。

"兴酣落笔摇五岳，诗成啸傲凌沧州"，这是唐诗的可爱，也是汉赋或桐城派之所以寡味之处。较之于"赋"和"比"两门艺术，"兴"带有更多主观的色彩，因此最为动人。近代学者多将"兴"义为联想，即是当诗人以感官知觉了某物，而在瞬间触动他对另一事物的怀念或感伤，例如有人看见了水边恩爱的禽侣，便思念起梦中的佳人，这便是最原始的"兴"。"兴"的过程因人而异，但不变的是能够产生"兴"的人，必然有一份纯洁的感情，以无邪之思对自我、对情人、对家国、对生命有着一份超乎于现实功利的追寻。昭明太子将它解释为"事出于沉思"。沉思固然不错，但有时"兴"不必求于沉思，而是刹那的灵感，所谓"佳思忽来，书能下酒；侠情一往，云可赠人"，如果沉思起来，拿书下酒未免奇怪，以云赠人更属无稽。但那"兴"来的刹那，一切却都是合理允许的，因为"兴"是心灵的一道风帆，能够将思绪载离平凡的现实，进入纯美的大空。

凡是好作品都在表现兴趣，此即禅诗家所说"羚羊挂角，无迹可寻"的境界。同样登山，王摩诘在生涯与山林的绝境，刹那诗思纷飞，了悟了世事化境不过如此，因咏诗云："行到水穷处，坐看云起时。"这不过是白描行迹所见与自我的动作罢了，但既然写入了诗里，即暗示了此刻的山水白云已非真实自然的山水白云，而有了一层人生想象的主观色彩，倘若不从其兴趣体会，非要诛求于背景故实、典章格律，无论如何透彻，终究是一墙之隔。又如杜工部流寓夔蜀，西风忽来，抚念今昔，一气挥毫《秋兴》八首，长安往事、江湖夜雨，都零落成飞白的诗句，那便是"兴"的皓月孤峰，不能模拟也不能重寻的艺术之巅。

除了文学或艺术感发，我以为"兴"更当是人生的态度，拾华忆旧、闻曲惆怅，在点点滴滴的生活里透视生命的隐喻，追抚深刻的永恒。尽管廛市拥扰而现实烦嚣，若能随兴感触，在一啄一饮间品尝静静沉淀的悲欣，遥想青春的故国、苍茫的当年，人生便自有一番迥然况味。倘能随兴所至，放肆物外，视大化万物不过野马尘埃，"断送一生唯有酒，寻思百计不如闲"，虽然略显颓唐，但较诸奔忙而碌碌的人生，似乎如斯才得真正的逍遥。

因此我总以为欣赏陶渊明不必羡慕那样的田园诗书之乐，喜爱杜甫也不用一定忠君爱民、诗圣诗史。他们于举止间传达之自在，在寻常里引发的喟叹，皆是"兴"的最好诠释，是诗艺与人生最素朴而高华的境界。

寻味

《哈利·波特》盛行以后，有时看到回放的电影，不免想到诗人罗智成的特妙之语：

> 像醺然的术士
> 用活生生的字句
> 熬制香味四溢的羹汤
> 是不是诗不要紧
> 我追求的是美味、营养

文学与所有艺术，在创作过程与品味时刻，与一道佳肴的完成与品尝其实是相当类似的。或者也可以反过来说，烹调之道本身就是一门艺术实践的过程，其理与任何形式的创作，无有不同。因此"饮食文学"是一个耐人寻味的意象，它不仅是以文字传达味蕾的舞蹈、齿牙的协奏，它更是从文化的意义上表现人类的欲求与失落。

气候、水文、土壤决定了物产，也决定了生活的意象与历史的传统，苏轼"日啖荔枝三百颗，不辞长作岭南人"，这是久居温带的士人豪语，设想惠能祖师，恐怕便无此悬念。民族性与社会的变革，也深深影响了饮食文化，繁文缛节的法国餐表现了法兰西讲究派头、不厌精细的艺术执着；较诸因应工业时代追求时效而诞生的美国快餐，那正是燕雀安知鸿鹄志了。

饮食文化是这样多元而丰富，因此经常成为文学作品描写、表现或寄托的目标。有时作家借着饮食暗示人物身份，如《台北人》里面尹雪艳所准备的金银腿、贵妃鸡与鸡汤银丝面，便表现了与眷村除夕夜大啖毛肚与羊肉片子的军旅群体是两种世界；《红楼梦》里刘姥姥对"茄鲞"的惊叹，也点染出贵族生活的豪奢，为小说主题繁华虚幻的人生辩证埋下了伏笔。

饮食在文学作品中经常是巧妙的譬喻，《老子》有"治大国如烹小鲜"的妙喻，表现了清静无为方不扰民的政治思想；《庄子》则借由一庖丁的艺术世界，说明了善保本性以求全真的养生之道。日本导演伊丹十三在《蒲公英》一片中，视烹煮一碗拉面为求道的过程，须历尽沧桑方能登临那绝妙的美味；法国电影《芭比的盛宴》则是透过饮食阐述了基督教博爱和平的宽容精神。

在当代，随着经济的发展，消费能力大幅提升，对于饮食品味与鉴赏的要求也相对严苛。谈器皿、论厨艺、道食材、品醇酒等专门著作如雨后春笋，正表现了资本主义的供需结构与浮华心态。但我特别怀念早期梁实秋、唐鲁孙等博于掌故的饮食小品文，字里行间或是漫谈一道久违的下酒小菜，或是追忆记忆里逐渐朦胧的酒楼，乃至于借一杯苦茶怀念一位故人，从一根烟管嘲笑一个荒唐的年代……素朴之中，反见那厮磨生命的毛边是如此清晰，那真是生活的品位，而无涉于纸醉金迷的堆砌。在文学的世界里，许多大家偶然论及饮食的小品都令人回味再三：流落蜀地的杜甫从一篮红润的樱桃回顾帝国盛世的滋味，而尝出了眼前沧桑的几许酸楚；汪曾祺从"慈菇"这个小菜，引申出了"品"的问题，清淡之中自有隽永，文学艺术所追求的真味，仿佛便是如此。

时代日变，新的食材、新的方法、新的观念随时都在改变饮食的风貌，养生的有机食品似乎传达了现代人对文明的戒慎恐惧，怀旧的食物料理似也说明了每个人心中，对逝去的过往总有一分无端的悬念；要求窈窕的饮料大肆攻占女性市场，与强调"明天的气力"的提神药酒则以男性为主要消费者形成了强烈的对比，这是不是说明了社会的结构与分工，暗示了两性的追求差异？而西方饮食观的普及似乎也改变了东方的伦理，快餐店里不分长幼尊卑一律排队也算新的平等，自食其分不再濡沫劝菜则是新的自由；在吃饭过程中，主体以刀叉深深介入客体，相较于主体透过筷子"交通"客体的饮食方式，象征着迥然不同的天人意义……这新的一切饶富深意，也有待文学来书写、来进一步地诠释其奥。

辛弃疾云："味无味处求吾乐。"那是他超越得失的达观。其实世界无处不有滋味，端视如何品尝而已："若能杯水如名淡，应信村茶比酒香。"饮食、文学乃至于人生，也许都可以这样品尝。

火车和橘子

轮回是何等辽阔，而生命是何等渺小。

一位要去远处帮佣的十四岁女孩，衣衫褴褛，面容惨淡，手上脸上满是冻疮，她拿着三等车厢的火车票却搞不清楚状况，胡里胡涂地跑到头等舱来。不管煤烟与寒冷，她奋力拉开厚重的玻璃窗，旁边的富家青年正想斥责她，却发现她只为了在火车行过小村落时，把怀中五六个"染着阳光般温暖颜色的橘子"，抛向等在铁路旁为她送行的年幼弟弟们……

这是小说家芥川龙之介发表在一九一九年的作品，我一直觉得，小说中那个冷眼旁观，先是对女孩满怀鄙夷，尔后却另眼相看的青年，其实就是芥川自己。

我不喜欢在假日早起赶火车，意识迷蒙地挤在人潮熙攘中，空气窒闷而潮湿，我几乎想借用芥川那方白手帕来捂住口鼻了。在座位上怔忡许久，直到列车窜出地底，一抹金黄的朝阳透入车窗，我才恍然回神过来，旅途就顺着铁轨慢慢展开了。

　　火车穿过水塘与田野，也奔驰过小小的市镇，也许是星期日的清晨，车厢内虽然拥挤，但小镇的街上却十分空荡，那些瓦斯行、机车买卖、内儿科诊所、西服号、卡拉OK……好像还沉睡在他们安详的梦里，眼睛的铁卷门还没有拉起来，今天不一定做生意，是可以多赖一下床的日子。"那是多么静谧的一个世界啊！"我在心中感叹着，竟莫名地想起芥川这个小故事，我猜那被抛向孩子们的，也许是被我们现在称为"蜜柑"的那种小小黄黄的果实，皮薄而紧实。我不知道那些蜜柑摔坏没有，三个弟弟当下所分享的，是获得珍果的喜悦，还是也明白了一些将要远行受苦的姐姐心中那份舍不下的情感。

　　而谁会永远记住这种滋味呢？

　　与一个还没睡醒的小镇擦肩而过，我深深觉得这是多么浪漫而又多么遗憾的一件事。现代人受限于时间压力与人情世故，只能孤绝地活在自我的苦闷中；"行止匆匆"让我们显得无情又无欲，好像活着只为了远方。然生命的微小片段每一刻都和世界轻轻擦撞，我多么想探知，那些行过的陌生地，究竟潜藏着什么心事，包蕴了如何的内涵？爱蜜莉·狄瑾苏（Emily Dickinson）[1]的诗说：

---

[1]　多译为艾米莉·狄金森。

看完全书，因为我不想输给大姐，同时很想知道究竟是哪一段那么好看，可以让她拼着被老师责罚也无论如何要读下去。时移事往，童年的阅读感受早已远去，最近重新在网络上买了一本北京理工大学出版的《爱的教育》，一样是夏丏尊所译，愈读愈无法释手，真正地发现了这本书的趣味。

《爱的教育》是意大利亚米契斯（Edmondo De Amicis）在一八六八年出版的作品，里面国家主义的情怀很浓厚，大约反映了作者那个时代的民族困境，而夏丏尊的译文现在读来反而觉得特别有十九世纪的风情。不过这本书真正的内涵在于如何在生活细节里，"潜移默化"一个质朴孩子成为一个心性高尚的君子。博爱的胸怀、牺牲自我的精神、宽容与体谅、热情与进取、对人的敬与爱，这些崇高宏伟的美德，都可以展现在一个一个不经意的小故事中，而且是那样的活泼生动。文学艺术固然不能只是自我定位为宣扬道德的载体而已，但《爱的教育》用一个孩子的纯真心灵，揭示了所谓的道德乃是源于人性最根本的情感，高尚心灵所自然流露的，必是带着感情的道德行为。

一边读《爱的教育》，一边想到的是自己的受教过程与目前的教学工作。

台湾教改多年，从小学到大学，从教师养成到教材制作发行，专家学者巨细靡遗地针对方方面面提出更良善的制度，然而落实到教育现场，能说是成功的政策大概没有几项。其实制度的良窳固然重要，但是"心"的问题更是教育成败的关键。我们为何要受教育，我们究竟希望自己成为什么样的人？哪一种价值与理想是我们真心的渴求？而一个从事教育工作的人，又应该以怎样的心情来面对这份工作？必须取舍的时候，什么是可以牺牲，什么是不能牺牲的？

《爱的教育》原书名是Cuore，意思就是"心"，"心"应该是一种灵魂深处，最纯洁的向往与追寻吧。我曾经拥有过那样的"心"吗？那样的"心"渐渐失去了吗？整个时代都成了这样的诗行：

在需要心的地方

请放上一块石头

——顾城《答宴》

我明白我的"心"也被某个什么东西给没收了，藏在一个尘封的抽屉里。然我不是一个好老师，在我的课堂上，也有随意读着其他书的同学，有的是《暮光之城》、有的是《中国哲学十九讲》、有的是ELLE或C++等，我常不愿打断他们的兴致，因为比起我空疏的诗学漫谈，也许他们的书里正处在一个紧要关头也不一定，我不要阻断那些以梦为马的神驰，那是人生最可贵的瞬间。

在炎热的暑假重读《爱的教育》，人生得失无常，我想起所有的生命最初都是一颗跳动的心，那应该是生命最简单，也最高尚的时刻吧。

黄昏的风里

沉思往事立残阳。

　　夏天的白昼很长，黄昏的那一段时光好像是上天特别附赠的礼物，让人觉得格外美好。炎热的暑气退去，欲雨的闷热消失，天空明净辽阔，晚云混合着夕阳浓郁的霞光，为城市所有的尖顶铺展最神奇的背景，让有所眷恋的人心中充满无言的回忆，"沉思往事立残阳"，大约是这样的意象和情怀吧。

　　不知多少年前，有个打动我心的电视广告就是以一个黄昏的海边车站为背景，一群欢乐的年轻人嬉笑着、雀跃着，追逐着一辆远去的巴士，留下满地寂寞……我曾经想象他们是健朗而深契的朋友，白天已经历了一场欢乐的夏日海滩之旅，要迎接他们的又是多么旖旎的夜晚、多么灿亮的未来，人生是这么快乐光明啊，多令人向往。我很想飞到那个黄昏里，也想拥有那种友谊与欢乐。当然，后来我也经历了许多同样青春奔放的日子，以及一些甜蜜浪漫的"人约黄昏后"，整个城市好像为了某种期待与悸动的心，缓缓亮起一盏盏半明的灯，情人的眼中，永远灯火辉煌。然这一切就像那班过站的巴士，现在的我是无论如何都追赶不上了。

现在，能于夏日的黄昏里做一次漫无目的的散步是美好的，尽管市街喧嚣，行人匆匆，但仔细品味每日走过的巷弄，在柔和的晚风里，在金黄的余晖中，暗红的砖墙如此沉静，从里面伸出的碧绿芭蕉叶，招展成了夏日特有的诗韵，像每一个幽深的故事里那个无心的开始。夜幕低垂的前一刻，一切都变得恍惚了起来，荡漾在心底的情怀也产生了微妙变化。

瑞典儿童文学作家阿缇斯·林格伦（Astrid Lindgren，也译作阿斯特里德·林德格伦）就是利用了这样的瞬间写了《黄昏国度》这个动人的作品：可能永远不能走路的小男孩"优然"在黄昏初临，到夜晚降下前母亲来帮他打开室灯的这一段时间里，随着"百合扫帚先生"飞翔在斯德哥尔摩的天空，完成他所有平常不可能完成的心愿。林格伦把黄昏那虚幻却真切、朦胧又神秘的氛围写得楚楚动人，表现了孩童世界里清澄如水的忧悒，那就是黄昏所独有的感觉吧！

现在，我总是在五点半左右，牵着女儿在附近随意走走，有时到邻近的学校看看做运动的人，有时去超市买些厨房纸巾回来，有时走到生态公园去听听蝉声，但大多数的时候并没有什么特别目的。我们边走边聊，或许因为树梢的猫的凝视，我就编一个猫咪排队吃大鱼的故事；或许是晚云的形状就有了另一个兔子和绵羊的童话。大多数的时候，是回答一些无法回答的问题，例如那两只鸟明天会去哪里？要怎样才能摘到天边那初升的新月？我和她说现在叫作"黄昏"，正是白天要把工作交给黑夜的时候，一天中此刻最是美好，我不知道她的心里是不是也融入了一些此时的光影、气味与感受。

暮色里，晚风吹来，千门万户的鏖居在残照里就像刻意用粗糙粒子表现的油画，在强烈的明暗对比下充满了意趣。我很想教她唱那首"夕阳山外山"的歌，或是背诵"夕阳无限好，只是近黄昏"的诗。但想想这些未免感伤，虽然黄昏的确是这样幽深无际。遥远的过去和未知的将来镕焊在现在这个点上，在一阵黄昏的风里，我们慢慢走回家，几分钟后黑夜将隐没我们的身影——"只是风前有所思"的刹那，我想包括了我自己在内，应该没有人会记得今天这平凡的一日，记得这个黄昏，这段散步；也不会有人记得一对父女走过这样的夏天傍晚，以及此时此刻我心里的所有的怀念。

花间一壶酒

天寒翠袖薄，日暮倚修竹。

　　华语武侠电影开山鼻祖胡金铨导演在一九七一年完成《侠女》一片时，我还没有出生。老实说，我虽然向往武侠世界济弱锄奸的那种快意，但从来就对拍成影视的武侠片没有好感，演员无论演得再怎么卖力，就是怎么看都不像心目中大侠的气质。姑且不论《神雕侠侣》中的那头大雕的扮相是如何之可笑，其他武侠片中的角色，扮郭靖的多只得其呆，演张无忌多只存其木，他们的凛然豪情与宅心仁厚这些关键质素，在影片中完全失落了。唯一比较贴合的，大概只有郑少秋演楚留香。但是武侠影视另一问题是小说中的气氛和想象在影视剧里很难呈现出来，因此大家都记得"楚留香"这个风流潇洒的人物，全剧如何，却无法在观众心中留下余芳。

　　看了回放的《侠女》，让我终于能一睹当年这部轰动武林的佳片。虽然剧情仍不脱传统的恩怨情仇，但片中处处可见导演的

156

匠心。除了运镜巧妙映带情节、武打特技翻新炫人耳目这些常为论者提及的部分，片中布景道具也十分考究，"东厂番子"腰间那一按机栝便弹出的软剑，室内一张官帽椅，虽然出现不过几秒钟，却将观众的情绪很真切地导入那个时代的想象氛围，而不会产生一种莫名的疏离感，可见艺术作品在细节上，都应抱着莫以善小而不为的态度来进行，这同时也昭彰了导演自我要求的精神质量吧。

剧中有一段很有意思，女主角，也就是身负奇冤的"侠女"和男主角（书生顾省斋）幽会于古老废宅。深夜中，顾生穿过荒烟蔓草，隐隐传来古琴拨弦之声，伴随的是侠女吟唱李白《月下独酌》的诗句：

> 花间一壶酒，独酌无相亲。举杯邀明月，对影成三人。月既不解饮，影徒随我身。暂伴月将影，行乐须及春。我歌月徘徊，我舞影零乱。醒时同交欢，醉后各分散。永结无情游，相期邈云汉。

零落的歌声相当邈远，编剧选了《月下独酌》放在这个关键处，既点出了侠女的孤高，也暗示了她"多情却似总无情"的内心，为尔后倾吐身世、报仇雪恨埋下了伏笔。而李白诗中不受拘束的自由向往、醒醉分合的磊落洒脱，正是江湖儿女的最佳诠释吧。

电影虽说是一个商品，以贴近观众、创造票房为本位，但电影也是文化，也可以容许一些人文思想，放入一些更精神性的东西。香港的《黄飞鸿》《霍元甲》，或是《叶问》等片听说都卖座不差，但这些电影大概只能说是"武打"而不是"武侠"。黄飞鸿、霍元甲、叶问或都有一点"侠"的性格，但他们毕竟只是人世里的一武师，以"武"来印证他们自我的理想与价值，但要达到"永结无情游，相期邈云汉"的人生意境，似乎还差了一点。"武"是招式的比画，"侠"则是当代对传统文化的梦游，但什么是"传统文化"呢？不同的作者或有不同的体会，胡金铨导演用一曲《月下独酌》来寄托幽独的生命情怀，在那样的瞬间，刀光剑影竟都显得微不足道了。

有人认为中国传统文化重视的是事物的质地而非形貌，"天寒翠袖薄，日暮倚修竹"的坚贞佳人，比"绣罗衣裳照暮春，蹙金孔雀银麒麟""就中云幕椒房亲，赐名大国虢与秦"的丽人更让人崇仰。在影片中，侠女一曲奏罢，回首望向天边的一轮清月，此刻，她的身份与剑术皆已不再重要，人生能够懂得此刻，而且能有一个同样懂得的人就在身边，我想，这也许就是电影《侠女》在多年后，仍让我这异世代的观众有所感动的原因了。

藏书偶记

万壑有声含晚籁，数峰无语立斜阳。

　　"既耕亦已种，时还读我书"，这是陶渊明躬耕的人生写照，也是乱世文人的最终归宿。放眼二十一世纪奔忙在电子声光里的读书人，青青园田已化为促仄廛市，匆忙的文明只剩心中一盏孤灯，犹自照亮字里行间的落英缤纷，当读书成了此刻人间最后的桃花源，是欢喜，也是悲凉。

　　爱书必须面对藏书的问题，要享受"一卷诗书树下凉"的文化乐趣，就得容忍书籍对我们空间的默默侵犯。那些值得藏诸名山的经典、不忍释手的佳篇、不知在什么情况下搬回家的巨著……从书房的书架浩荡而下，吞噬了书桌，占据了走道，慢慢淹没客厅及整个人生。庄子说得没错："生也有涯，知也无涯，以有涯随无涯，殆矣！"试想以个人有限的时空，去储藏人类无限的创造，终如爝火长夜，不可与匹。

　　但随兴买书的痛快，远胜于治理书房的痛苦，试想能心满意足地坐在群书环绕的沙发，就着熟悉的灯光喜爱的音乐泛览流观，任凭"看书月过楼"之荏苒，真是人生的大欢喜。也曾想好好整顿书架，将已经不看的书卖给二手书店造福同样的爱书人，不过往往是整个下午在书堆中东翻西寻，觉得每一本书都值得珍惜，每一个字句都让人留恋。残破的《唐诗三百首》有小学时代的笔迹，应予存藏；旧版《郑愁予诗集》则是摇曳在中学岁月的一盏风灯，苍黄的书页里每一行都是清澈的梦；至于大学时代一次远行时所读完的《听风的歌》，则是属于初夏骚动的潮水，"一切的一切都跟回不来的过去，一点一点错开了"，村上春树的青春预言，当下仿若成真。这些都是不能割舍的往事，微温的记忆总在重读时成为一片仅剩叶脉的枫槭，依约却也明白。

随着书籍增加，找书困难渐生。几次想用赖永祥的"中国图书分类法"编排藏书，顺便与妻子重温学生时代两人为图书馆作业的旧事，我查她抄，偶尔无心的碰触与深深交会的眼神。但我终于还是愿意冒着找不到书的风险，依凭感觉随意上架：杨绛的《我们仨》虽属文学创作，但与钱钟书的《管锥编》放在一起却让人觉得温暖；《何凡传》当然要在《城南旧事》左右；唯胡兰成的《今生今世》与《张爱玲小说集》并列架上，总让我仿佛听见细簌的怨怼，想想还是用《巨流河》把他们隔开了。

昔藏书家叶德辉有感于"天翻地覆之时、秦火胡灰之厄"而作《书林清话》传诸同好，那是收藏家的狂狷。我只是在群书间啃食字句的蠹鱼，透过那神秘的静谧，与无限、与傲立在每本书中的心灵孤峰，做深长的人生密谈。"万壑有声含晚籁，数峰无语立斜阳"，有时掩卷沉思，窗外的那一抹青山不知为何，总也低眉心事。

物情

请君为我勤斟酒，垂老心肠久已枯。

　　小楼一夜听春雨的日子，总是悬念深巷底的杏花，晴窗下的分茶。世情冷暖依旧，喋喋政客嘈杂新闻，寂寞春晚的北城里，欲寻东坡黄州聊寄须臾的清静僧榻已不可得。茶瓯香篆小帘栊的幽然心情，可能只好在一阕小令里闲淡成南唐北宋的晚晴了。

　　半阴天气，寻着陌生的地址找到"晓芳窑"，有别于莺歌镇那种热闹喧腾的观光色彩，晓芳窑隐藏在平凡的山麓上，绿树石路，荒烟一缕，清静中带着几分谦退，颇似寻常农家，稍不留心便即错过。但细看其隐蔽在枝柯后的建筑，颇有现代感的设计暗示了此地别有洞天。

　　晓芳窑室内并不大，约分三层，仿古瓷器在幽明的灯光下静静呼吸，冰清玉洁的青白瓷犹是熙宁年间的色泽，而天目黑瓷的曜变亦闪耀着神秘的光彩。古波斯有诗云：

小壶颜色火烧云，谈笑悬河水泻银。

漫说陶人与陶器，孰为陶器孰陶人？

　　此诗或言艺人运匠心于器皿，每一件作品中皆可感受到陶
人手底的柔软与刹那灵犀相通的巧思，陶人陶器，本归一体；然
而人工制器，天工制人，陶人陶器，都是尘土而已，带着多少缺
憾偶尔来到世间的人子，在大化的眼中也只是一尊土坯而已，又
怎堪以造物自居？摩挲窑中那些釉彩变异、火候差池，或是表面
具有针孔的所谓遗珠之作，亦复想起了一只断壶之歌：

寂寞凋零一断壶，年年愁待酒家胡：

"请君为我勤斟酒，垂老心肠久已枯。"

一时竟也不忍释手了。

　　香茗对坐，朦胧窗外是渐来的雨意。放眼满室重厚罐瓶，
薄脆杯盏，琳琅世界仿佛我国陶瓷史悠远的缩影，在无限肃静的
气氛中，特别能体会我国美学所追求的端庄仪态与雅正颜色，在
我的心里认为，这样的美无关乎其是否为"供御"的身份，而是
素朴心灵与纯洁情愫的升华，直接于江上的清风与山巅的皓月。
这样的美也必然安慰过东坡的失意，寄托过陆游的浪漫，在岁月
的点点滴滴里凝为信仰、化成生活、散作艺术。

我特别钟爱一只小型盖碗，圆满稳衬的碗身十分古拙，釉色则是内敛的灰青。我想它必将伴我品味许多人间的温凉，春晨微曦中氤氲的香气，初夏午后翁郁而寂寥的清闲，乃至于无数的契阔谈燕，无数的自在幽光，也许都将留存与见证在它的沉静与饱满之中。我们经常对手边器物十分无情，一生中无心磕碰失手打碎的杯碗无数，怜惜多只在小小的刹那而已；然而有时我们却也不免多情，赋予这些身外之物无限的含义与象征，就像木心为那只得诸古庙失诸江水的小盂命名为"童年随之而去"，我们的悲欢生涯里总有几件牵肠的事物，几段唏嘘的故事。这当是因为这些器物源于生活，而又以其本身的美感超越了生活，复因机缘偶然创造了另一种生活与回忆。

　　于是我们明白了老杜晚年流寓西蜀，于装满樱桃的筥笼前，为何无端追忆当年长安大明宫的玉箸金盘，那其中承载的不只是青春波浪，也不只是功业文章，而是诗人心中一去不返的煌煌盛世。而《红楼梦》里，妙玉嫌弃刘姥姥用过的成窑瓷杯肮脏，贾宝玉便将它转送给姥姥的一节，我想有一天在荒村野店纺绩的美人巧姐，若是重逢了那只青花斗彩的盖钟，回首故园，寒食花朝的华年里，自应有另一番的沧桑了。

无一语，答秋光

红荑白菊浑无恙，只是风前有所思。

1

晴阳微温，从繁密的紫藤叶隙渗透而下，秋天正用诗意的手指轻轻弹奏城市，盈盈绿意隔绝了扰攘，正是宋词里茶瓯香篆小帘栊闲适之意。有时为了躲避喧嚣，我会绕过永康公园，穿进朴素的巷弄，找到那绿竹迎人的小院，在古拙的客厅饮着何先生初沏的热茶，有时是碧螺春嫩绿的水色与雨后清香，有时是高山茶灵妙的幽馨。若有似无的古琴像从遥远的年岁里传来，又消失在凝神的刹那中。一切都幽凉而沉默，秋阳漫入纱窗，白瓷盆里清净的细砂与几乎透明的小鱼仿佛静止，在片刻的凝思里，世界的变动不居才真实了起来，对坐的，正是纤尘不染的秋飔。

古人在茶里得到安静，在静中明白人生，山巅涯涘的清瓢寒瓷，竹林松下的活火轻烟，当人生所在乎的只剩碗中的微甜淡苦，那无非已是秋月玲珑的超然了。可惜在城市生活的匆促里，人人被驱迫着在乎下一站的风景，因此永远是一个风尘仆仆的行者，向旷邈的前程举步维艰。

每当我坐在"冶堂"一杯茶的氤氲里，似能浅尝生命的清凉，座中对联是这样写的："校书长爱阶前月，品画微闻座右香。"人生每一个小小的意境无不充满沉思的喜悦。汪老师的字、何先生的茶似乎提醒我该驻足于此刻，否则不免辜负那紫藤叶隙染绿我衣的淡淡秋光。

2

优雅总带着一些轻盈，一些纤细，Maussac给我的感觉就是如此。

那绝非粗糙的原木、火蓝的浪或坚冰的石岩所能造成的美感，虽然它们在自然中也可以带来许多美的联想。素白清雅的瓷盏、触感良好的桌布，玻璃罐或瓷坛里手工精细的茶叶，倏忽之暗香，幽微之灯火，午后的一碗红茶是木槿淡紫色的沉思，是在乐音声中细细流逝的秋之符音。

中国茶有时深沉太过，一味弃世隐者洞达后的苦涩；西式红茶则耽于甜美，属于青春末期的唯美浪漫。前者是泠泠七弦上的风入松，后者是小提琴独奏的泰伊思冥想曲，适合漫步，宜于轻舞。

这就像刚刚入秋的时节，碧蓝的天空白云微舒，风里有遥远的凉意，一年中最美好而又最易逝的韶光。那轻盈的、那纤细的秋思优雅地带走了欢乐，把夏天的影子留给窗镜，把人间的秘密、落花的心事留给我，沉在余香冷飞的碗底。

3

"纱窗日落渐黄昏，金屋无人见泪痕。寂寞空庭春欲晚，梨花满地不开门。"这是描写春去的诗，也描写惆怅。有时我走过布拉格小小的院落外，花形依约、遍地落满的缅栀花，经常就使人步入诗中的寂寞里，如果在微雨的秋夜，那么便有着"灯前细雨檐花落"那又凄清、又温润的感伤。

木质而谨慎是布拉格的一切，从院子里高大的缅栀、房中钢琴、吊灯与两位主人小心翼翼的动作，有时窗外的冷雨也淡淡地肃穆了起来。咖啡强烈而饱满，以其专制的魅力征服感官，统御黑色王国；此刻唯独神灵自由，展翅如天马奔飞。我喜欢在这里躲雨，当城市黯然于风暴的前夕，灯下古旧的窗棂、坚牢的家私，仿佛说明温柔却坚贞的信仰，永恒地坚持于乱世，让人安心。

春草的韧生是一种喜悦，乔木的摇落是无言之悲。窗前风雨正以她无声的肃穆扫落城市一季的绿意与繁华，也许明朝又是一个半晴的秋日，那我便该重坐此处，翻开书册，默念"红萸白菊浑无恙，只是风前有所思"的词句；或许秋色总是这样，伤于宁静，惜于淡泊。

弈林

楚江巫峡半云雨，清簟疏帘看弈棋。

　　自小稍稍懂得了象棋运子行棋的规矩后，家长无不告诫，马路边的棋莫看莫说莫下，棋社更是严禁涉足的危险场所。儿时懵懵懂懂，在夜市边上看见一群大人围着几张棋盘在那指手画脚，便总是远远避开，生怕一旦走近便着了什么法术。稍长后在学校的图书馆中拾得几部陈旧破烂的《残局细解》《必胜绝杀》之类的古怪棋谱，细读之下方才明了那些看似简单的排局，无论是"蚯蚓降龙"还是"单骑救主"，都是才智之士的心血之作，每一手都藏有数个厉害的后着，若无事先看过那曲径通幽的解答，纵有数段棋力也难以在路灯下的棋摊子降龙救主而去。至于棋社，我是上了大学才有幸光顾，那时迷上围棋，在学长学弟的簇拥下去开开眼界。棋社里烟雾袅袅、龙蛇难辨，俨然小小的江湖，当时对弈多需下彩，我们这种从书本里学来的一招半式，正是那些不想争"名人"、懒得当"国手"的弈林侠隐眼中的肥羊了。

这几年路边的棋摊子已极少见，不知那些马路棋王是否已金盆洗手、归隐山林去也。不过近来街头的棋社却另有风貌，里面不仅窗明几净，也少见眼露凶光吞云吐雾的棋坛怪枭，多的是童声稚语和大哥哥大姐姐的亲切招呼声，看看招牌，都已卸下棋社之名，而改称某某老师围棋教室了。

围棋教室健康清新，是学弈下棋的好地方，不过却不能化解我对传统棋社寒夜残灯、飘零楸枰的怀念。在劣质乌龙茶与长寿烟的气味中，那些熏黄了手指的棋士身怀奇技，或扮作使大斧的绿林好汉、或化成轻摇折扇的落拓佳公子，在纵横黑白的世界内外，追逐着非关真实人生的虚无胜败，真有一些遗世忘忧的江湖情怀。在那种氛围中，枰上的酣战与现实的进退，都另有一种冒险犯难的武侠境界，只是"武侠"永远只能活在旧日的神秘夹缝里，进步的科技时代，消灭的不仅是飞檐走壁、隔山打牛这些不合时宜的惊人艺业，也消灭了一种慷慨坦荡、磊落嵚崎的侠士风范。因此我曾经认为"棋社"是现代最后的江湖，改成围棋教室以后，不免对这个没有惊喜与浪漫的时代略感惆怅。

随着数字的发达，现在只要动动鼠标连上网络，便可安坐家中，于"空中棋社"与人对弈。匿名的对手隐身在深不可测的网络世界里，进招拆解虽也非常激烈，但胜了却无甚欢喜，败了好像也并不怃然，也许网络上的棋局输赢，正是虚空里的虚空，实在太难让人激动了。这就像当今社会的人生成败，有时只化为银行电脑里的一列数字，应对进退之余，那数字好像与自我渺不相涉了。"临场感"的匮缺我想确是造成现代人丧失冲刺动力的一大原因。那些中了乐透头彩，一次领出现金倒在床上滚他一回的乐趣，就像漫天风雪的夜晚，那宿命的对手突然推开棋社老旧的木门，在孤灯下与你一手一手地密谈起来，而往日的恩恩怨怨，是不是就在今夜一并了结了呢？

养和

野老与人争席罢，海鸥何事更相疑。

　　人间逼仄，能有一方空间随兴读写欠伸皆不受干扰，那毋宁是自足之乐；在这样的空间，倘或有张简朴坚牢的椅子，无人时凝养静穆，工作时安稳而终日不倦，那便可称为惬意了。

　　在坐具庞大的家族中，我对"凳"情有独钟。无论圆的高凳、矮的方凳、带着浓厚土味的长凳，乃至于小公园的石凳，都是那么朴拙、稳固而喜感。我没法忘怀儿时坐在老家屋后的小板凳上，一边帮妈妈拣空心菜，一边看着矮檐滴下雨滴的光景。"凳"有一种亲密的群体感，仿佛总是三个、五个聚在一起漫话家常似的，"闲坐赌樱桃"的庭闱，"相对坐调笙"的深闺，那些浪漫情事料想都是坐在绣墩，也就是披了纨绮的鼓凳上发生的，促膝漫话是"凳"无法取代的美学风味。可惜凳是没有靠背的坐椅，适合短暂休憩，不适合长时间工作。要知伏案终日，为的便是了却公事往后一靠的刹那，如果没有一个坚牢的椅背，人生便不知何以为继了。

在读了王世襄的《锦灰堆》后，我也向往一张"黄花梨南官帽椅"。花梨是南国良木，质地坚润，纹理优美，略有玫瑰清香，西洋人美称China Rosewood，在百木中是极雍容的质材。江南匠人所营造的官帽椅以造型简约取胜，一张椅子四十二个组件，无论搭脑、扶手、鹅脖还是连帮棍，无一不清朗有神，实实在在中又能气韵遥深，这种椅子就像华歆、献之这类《世说》里的人物，可谓东方线条艺术的逸品。功能即本质、敛抑却大方的现代性，让这些旧椅子成为世界各大美术馆争相典藏的对象，于我辈只能是一道遥远的风景。

我们现在习惯高坐，膝关节弯曲九十度便觉不自在，因此"椅"是很有必要的，但至少在宋代以前，椅子是可有可无的家具，大家席地而坐，高贵的名流或置锦褥，沉思的哲学家则身倚几或背靠隐囊，但放低身子贴近自然的姿势却都相同。物我的无间，天地一体，就像童年，万物都能是我的坐具：河边一块凸出的石头、伐去枝干的老树桩、爸爸的肩头妈妈的腿上，甚或一级月华石阶、一片露湿青草、一架风里摇曳的秋千……都曾那样亲切地容纳过我。

不记得何时开始，"坐"也带着一点拘谨。亚里士多德认为物体的形式，便是将该物从涸浊的原初所区离出来的重要指标，黏土烧成了素碗，在情绪及意义上便与山里的高岭土不再相当，虽然最后它还是要回归泥滓的。人仿佛也是如此，明白了何者能坐，何者不能，我也渐渐脱离了原初的我，少了天真，成了一种固执、僵化的形式。于是，公交车上留下汗湿的椅皮、公厕里的马桶垫圈、洁癖的姐姐新铺好的床，这些都成为心与身的禁忌。

而对某些位子的向往，是中学以后的事。我们那"升学班"教室的座位，不像《水浒传》里的聚义堂是排定就永远定了，而是按每次月考成绩重新编次，老师认为这能让所有人提高警觉，保持竞争。永远坐在边远角落的我，始终观看着全班三张最重要的椅子，如何在几位资优生之间流转迁变，悲喜交叠，慢慢也就明白了"争席"这回事。"野老与人争席罢，海鸥何事更相疑"，原来人生艰辛的历练与清苦的超脱，也不过就是几张椅子之间的事罢了。

看那世间，背高面宽，瞵视昂藏的大皮座椅，总以其傲慢之态俯临众生；初进用的小员，往往只得一寒素小椅，而且总是那么摇摇欲坠。荒谬剧大师尤涅斯科的名剧《椅子》，用整个舞台排列整齐却始终空着的椅子，嘲弄了人们自以为是的存在意义，名位与其象征原来只是心底的虚妄罢了；倘若人间真是如此，我们每日汲汲营营下的劳顿身心，究竟应该安坐何处？

古代为席地而坐的人设计了一种靠背，称之为"养和"，让人在俯读圣贤书时，偶尔可以后倾，一解腰背疲劳并仰视天际，看那白云之飞驰倏幻，看那日光之悄悄消逝，进而明白了怡养道德的性命之学，在淡泊的坐姿中齐物逍遥。因此我想准备一席蒲团，并用往事与诗为自己编织一座"养和"，这样的一张椅子，或许最接近我已回不去的童年，那随意坐在风里而无限开怀的时刻。

种竹

早送清凉招暮雨，锄霜植节羡无心。

　　董桥在《回去，是为了过去》一文中写胡适之十三岁时种了一棵茅竹在花坛里，从美国学成归来，茅竹竟已成林。每读这篇文章，总有些特殊的亲切，许多童年的事早已不记得了，可做父母的总还念念不忘。胡适的母亲一定要他去菜园看看竹林，我猜那是因为老太太每天在乡下思念着远渡重洋的儿子，日升日落，那片无心栽下而茂密成林的碧竹大约代替了儿子的陪伴。夏风一动，经常聆听老妇人说心事的竹林一定咿咿呀呀地应和着；冬去春来，新筠嫩黄，或许也给了这位母亲一点儿竹报平安的喜悦。

　　我的印象中竹总是野生在山丘林野，好像少见有人刻意栽种，除非是卖笋的农人，或者是爱竹的文士，刻意将竹移植在庭中窗前，以得一影清幽。从前念书时老师教写旧诗，记得第一次作诗老师给的题目就是"种竹"，一直作到下课，才勉强诌了几句："早送清凉招暮雨，锄霜植节羡无心。"现在看来实在是很幼稚的童言童语，不过父亲还将它抄在日记上，偶尔拿来像读唐宋诗一般地吟咏，我虽感惭愧，但总想这大约也是一种老人家的心情吧！

我喜欢竹，苍劲而秀拔的姿态特别像中国文人，无怪乎神态飘逸的西晋人总爱在竹林里饮酒清谈，野泉秋风，夕阳明月，言语都带着铿锵的韵脚。我从去年开始种了两株竹子，惜我蜗居廛市，楼房里十分逼仄，门前屋后，既无一方庭园，亦无半亩菜畦，只好在窗台上将它们栽种于花坛里。初种时根芽不过拇指长，一年下来，已有三尺多高。唯我不善园艺，只是定时浇水，竹竿看来有点细瘦，不过仍挺拔得很有精神，竹叶不甚茂密，稀疏之中，也自有一番韵味。从此我总觉得烦嚣离我又远了一些，市声烟尘，都在窗前的绿意中沉淀下来，化为一盏苦茶的心事或是一日空旷的悠然。文与可喜画竹，题曰"我爱此君常默坐"，面对逸友如此，"默坐"应是最好的谈心方式了。

终日奔忙在人潮车阵当中，想要"默坐"片刻实已是一种奢求，因此也丧失了许多乐趣。其实大多数的美都来自静观，静观中并非可以发现什么独特之处，只是能格外体会生命在自然中所流露的谦逊与温和，那样无争的自在总给予我幽幽的隽永之情。因此我总爱在匆促的生活里默对心中的竹影，朝露夜雨，有时似乎也听见当微风吹过，它们密切低语的声音。

胡适的母亲将他种在花坛里的茅竹移栽菜园，终于蔚然成林。唯我总是担心窗台上的瘦竹，和我一样在逼仄的世界里，没有办法恣意展其枝叶，延其根芽。因此期望有一天，能将它们移种在青山水湄处，向仍在都市里的我，吹送一缕清风。

影音岁月

相聚离开，都有时候，没有什么会永垂不朽。

奇士劳斯基[1]时代

导师时间的闲聊，我的学生知道我连《练习曲》《一页台北》《赛德克巴莱》这些电影都没看过，对李安、魏德圣这些人也没什么概念，就认定了我是个拒绝现代艺术的老头子，这我当然不甚服气，立刻搬出了："我在你们这个年纪看过的电影……"语未毕，同学年轻的脸上已是话不投机的代沟表情了。

二十来岁的那几年我是个影迷，瑞典大师英格玛·伯格曼，意大利的费里尼，德国的文温德斯，法国的楚浮、安东尼奥尼，美国的贾木许，俄国的塔可夫斯基，希腊的安哲罗普洛斯，伊朗

1　多译作基耶斯洛夫斯基，全名克日什托夫·基耶斯洛夫斯基（1941—1996），波兰导演、编剧，代表作"蓝白红三部曲"、《杀人短片》、《十诫》等。

的阿巴斯，日本的小津安二郎，还有埃尔米·库斯图里卡的《流浪者之歌》，陈英雄的《青木瓜的滋味》……陪伴我度过了无数没有女朋友的孤单夜晚，有些电影也不是能真的理解，但是其中的一些片段、某个镜头、某段音乐，却使我始终难忘。

那还是录像带的年代，到处索借，双机对拷，生活追逐着大大小小的影展。后来，认识的女友也是影迷，穿梭于各破旧的二轮电影院和MTV[1]是我们约会的主要活动，那还真的看了不少好片，《钥匙孔里的爱》[2]、《鳗鱼》、《烈日灼身》[3]、《安东妮亚之家》[4]……这些也许不是什么经典大片，却藏着使人难以忘怀的情愫，许多细节与对话，就像这些很真诚的电影，镂刻一般永远印在心中。也许是因为旧日的情感，总觉得现在再看什么《断背山》《蝙蝠侠》等"大片"，就没啥味道了。那是我的电影狂飙年代，那是年轻梦境的边缘。

彼时正是奇士劳斯基最红的时候，我们除了看过"红白蓝"、《双面维若妮卡》[5]，还找来了《十诫》《机遇之歌》《电影狂》等，贪享了那样动人的年华。奇士劳斯基的电影并不炫技，而是表现人生平凡中却美丽的一面，意象简洁准确而富有诗情，里面一些小人物的挣扎尤其动人。《电影狂》里素人导演记录工厂残

1　类似于二十世纪八九十年代一度流行的录像厅。——编者注
2　也译作《苦月亮》。——编者注
3　也译作《烈日灼人》。——编者注
4　也译作《安东尼亚家族》。——编者注
5　也译作《两生花》。——编者注

疾伙伴的人生，很细致地表现了一个活得比别人艰辛的人物。我虽不懂电影，但深深觉得奇士劳斯基是很伟大的电影导演，因为电影是他说出梦想与人生的唯一方式。追逐着那些影片，也是我电影年代最深的记忆。

近年不知为何，心淡意懒，不仅看片少，看太严肃的也容易累，上回进电影院看苏古诺夫[1]"一镜到底"的《创世纪》[2]，居然睡着了一会儿，醒来后非常自责与感慨，而几年前买来送给妻子的《悲伤草原》[3]，到现在还没拆看呢。

我发现要进入电影的世界，有时是一种心情使然，不在那种心情底下，再好的片也会有格格不入之感。青春、理想、对人生与艺术充满疑问，这是欣赏好电影的重要条件；而我现在，那萦绕的人生啊，事业啊，小孩啊，应酬啊……那锋利的剪刀终于将最美好的一些片段剪去，使我成为一部媚俗而乏味的"普"级电影了。

冬日抒情

搭出租车最大的惊喜一是偶尔遇到一位谈吐不凡的司机；二是在忙乱的旅程中，无意听见那使人缅怀旧日的旋律。

1　也译作索科洛夫，全名亚历山大·索科洛夫（1951—），俄国导演，代表作《浮士德》等。——编者注
2　也译作《俄国方舟》。——编者注
3　也译作《哭泣的草原》。——编者注

村上春树的小说《1Q84》第一章，就是说叫青豆的女生坐在出租车上，突然听到了一个古典曲目，在心底不知为何就知道了那是杨纳杰克一九二六年作的《小交响曲》。杨纳杰克对我来说颇为陌生，《小交响曲》的旋律如何也不是那么清楚，为何选这个音乐放在书里我想必有用意，不过有时觉得村上春树很爱卖弄他的音乐知识，这是乐迷和影迷的通病。

上一回，一个夜雨的晚上乘车，车子虽不是很新，但还蛮干净清爽的。车上收音机的频率是爱乐电台，正在播放非常清新的吉他。虽然故意弹得很慢，但不到两小节，就可以听出来是世界名曲，西班牙的伊拉第尔作的《鸽子》(*La paloma*)。据说这曲子是在古巴哈瓦那作的，古巴、阿根廷等国都说这是改编自他们的传统民谣，讲的是一个水手出港前的哀怨与向往，他想像鸽子一样飞过大海，但倘若不幸遇难，他的灵魂将会飞回故乡爱人的格子窗前。

记得小孩的儿童音乐CD里也有这曲子，便问她是否有印象，没想到出租车司机抢先用西班牙语说了一遍，原来这位司机先生是发烧友，是听了五十几年的古典乐的老乐迷，开出租车是打发时间罢了。他听说我家收音机接收爱乐FM99.7不是很好，便劝我自己去买红铜线接天线到屋子外面去，方便又不贵。又说他最近都听一些年轻人不听的东西，他细细说着心境与音乐的关系，才论到荀白克我就到家了，心里不免叹惜路途太短。

不过有时车上音乐，却让人更加惆怅。

记得有一次在冬日凄寒的微雨里，两头疲惫而怀有挫败感的老兽拖着一头兴奋不休的幼兽钻进车内，中年的司机并不多话，平凡的音响正播放西洋老歌，说是老歌却也不是真老，大约是一些七〇、八〇年代的流行音乐，那正是我的收音机音乐时代，彼时虽然是英文文盲，却吊诡地喜欢西洋歌曲。车内一曲结束，下一曲前奏响起，正是当年极喜爱，却多年不再听到的 *I've Never Been to Me*。

最后一次听到此曲，已是好几年前看电影《沙漠妖姬》时，此曲作为该同志电影的插曲配乐也真是别有新趣。这首悠扬的歌曾让我的童年充满幻想，一位风姿绰约而向往自由的美女，享受过人间无尽的旖旎风情，却终于感叹从未找到真正的自我。据说这歌一开始不红，录音时连中间的一段口白都被删掉了，后来不知为何突然被大家喜爱，成为世界著名的流行音乐。"如何找到自我？"这实在是一个大哉问，歌曲中那神秘的女郎最后告诉了另一位一样迷失自我的小姐，真正的自我存在于"怀中的宝宝"与"早上吵架晚上缠绵的那个人"。这答案是很美国式的，我与妻子互望一眼，再看着怀中吵闹不休的宝宝，伴随着轻盈梦幻的歌声，正是"欲辩已忘言"的时刻。

窗外冷雨飕飕，我不知道希腊邮轮上金色年华香槟佐餐的盛宴和眼前寒怆狼狈的一切，哪一个更能让我有"找到我自己"的感觉。但在这微妙的歌声与回忆交织的片刻，在我下车前的一刹那里，人生似乎有了小小的憬悟，世界明亮了一些，又黑暗了一些；那失去的自我也许是永远找不回来的，但能在一种歌声里想到"自我得丧"的问题，想到失去的悲哀与拥有的深刻感，其实这样的旅程已是相当浪漫丰富的了。

慢板

与流行音乐脱节了很久，却在二手书店里买了一张CD，是环球音乐一九九七年出版金智娟（娃娃）重唱她的一些招牌歌专辑。让我讶异的是虽然我一直对她的歌艺颇有好感，但从未买过任何一张她的录音带或唱片，直到今天，而且还是二手的。

推算一下，她的歌唱事业开始时我才小学生呢，那时张小燕的《综艺100》是最流行的电视节目吧。在八十年代，娃娃的歌路与形象大概带有一点叛逆的味道，我觉得那种时代氛围实在很迷人，一首狂放的《就在今夜》，点点强烈的鼓声与嘶喊，"今夜"一词给人的暗示，好像唤醒了大家埋藏太久而渐臻遗忘的属于人的那点东西。相较于当时走温婉路线的玉女歌手，娃娃那带有些许嘶哑的音色在台湾可说是独具一格的真诚，相形之下，我觉得后来的台港歌星，似乎就少了一点个人特质，音乐也模糊而平淡了。

随意放着唱片重新温习了一下过去在电视、电台听过的一些歌曲，好像人生就是这么一回事，几支歌曲就从少年到白头了。大约在一九九〇年以后，娃娃由叛逆少女转型为温柔感伤的都会女性，走陈淑桦一类的大众路线，林夕和罗大佑这么强的卡司搞出来的《如今才是唯一》，歌声中毫无灵魂；比起早年邱晨写的《就在今夜》《河堤上的傻瓜》这些不成熟的小情歌，我相信邱晨对娃娃的演唱本色以及生命特质，有远在罗大佑他们之上的体会。

但是不是人到了某个年龄就必然丢掉年轻的歌声，走向一个不痛不痒，而且漫无目标的深渊当中呢？

失去了许多美好的我，多想再次聆听十七岁的娃娃在昂扬的鼓点中嘶吼着"就在今夜我将离去，就在今夜一样想你"，但要命的是这张二手CD竟把这首歌改成慢板，用都会抒情的娇柔来演唱，像一坨在冷水里泡发的馒头，噎不死人也咽不下去。这就是中年沧桑吗？在摇摇欲坠的人生此刻，突然发现要回到昨日竟是那么困难，情味如舟天更远，还有什么比这更荒凉的呢？

流星雨之约

寒冷的假日在冰冻的研究室查数据，并用频频卡纸的机器打印文件，心情不能说怡然。偏偏校园里搭起舞台，一群青少年劲歌热舞吵翻天，也不觉让未老的我有了良辰美景奈何天的浮士德式的悲哀。

入夜之后，歌声更盛，各式激光束下隐约是什么"陪你去看流星雨"之类的，唯音调走失，不能细辨。愤然关灯回家，夜里，用谷歌搜寻了一下关键词，这歌原来是F4多年前的名曲："陪你去看流星雨落在这地球上，让你的泪落在我肩膀，让你相信我的爱只肯为你勇敢……"言承旭等人在MV中还是那么青春健朗，清爽的面颊和大块的肌肉像尹雪艳一样永不老去。

顺着网络跳出来音乐，与妻在灯下一路听了《不要对他说》《有一点动心》《同桌的你》《至少还有你》《海上花》等等学生时期滥情过的流行歌，这才感到了所谓遗老遗少的悲情。一直点到王菲唱起《红豆》："相聚离开，都有时候，没有什么会永垂不朽。可是我，有时候，宁愿选择留恋不放手——等到风景都看透，也许你会陪我看，细水长流。"

我不禁喟然长叹，原来这些流行音乐虽然虚妄，但最终还是能唱出我们这平凡一生中最终的期待，无论是看流星雨还是看细水长流，有个人陪总是好的。于是当下承诺妻子：再给我数年的时间，待了结了人间的恩恩怨怨，我们便找一处青山绿水养鸡种菜，不再过问江湖之事；每晚在流星雨的夜空下，在细水长流的小溪边弄一台金嗓或点将卡拉OK，把这些庸俗的情歌唱过一阕，不枉今夕，亦不负此生。

一日

你这样吹过
清凉，柔和

再吹过来的
我知道不是你了
　　—— 木心《五月》

　　鞭炮声忽远忽近传来，小室幽暗，大年初五，今天该是开市的日子，真好，休息数日的商贩或工人将拉开铁卷门，逢人说一声"恭喜发财"，回到一个既定的常轨，出货、盘点、订单与账目，一个琐碎又确实的人生，开市是好的，勤勉是好的，有生意做是好的。但我是多么疲倦啊，这样的新年，这样庸俗而热闹的话题，福袋、塞车、命理师与大四喜，我的一切像无聊的烟火每日每日，不知是该起身面对，还是继续逃避？
　　阴雨多日，今日晴。

帘隙已有阳光的魅影，闪动、闪动，好像一只上帝的手抚摸过你的头发，或像一个情人的拥抱；有人说上帝是一个水手，只有溺水的人看得到。拉起窗帘，花叶簌簌，每一片绿叶都以不同的角度折射光线，因而世界有了不同的明暗与温凉，并随时变换着。聆听舒伯特，阿贝鸠奈奏鸣曲、D940 或 D608，吃干面包时计划着今天；前两日已换了灯泡，熨烫衣物，洗涤了家里所有冷气、暖风炉、除湿机、抽风机、烘衣机的滤网；做了泥工，将内墙有渗水破漏处——刮除并批土补实。那么今天应该将实木地板与家具打蜡，先仔细除尘，然后开始在细布上倒一点刺鼻的蜡油，反复擦抹并感受那木质的纹理，多少的岁月，寂寞的年轮，仿佛和森林密谈美或生命的奥义，竟不免对存在及意义这些事也有了一些悲哀，可见担柴施肥都有禅机并不虚妄。半日下来，晴阳已艳，工作也大致完成，腰酸背痛，膝及跖骨等关节皆染蜡红。

烹煮午餐。一面听歌，一面将切段整齐的青江菜置入沸水，双葱炒肉片是昨天想好的主菜，再煎一个蛋，培根留到晚上再烫豆苗吧。一切就绪，正好以白米、糙米六比四的比例炊的粥也熟了，因而想起黄粱一梦的事。

花朵在夜里歌唱岂只是想起昨天

莫非是因为歌的旋律有你

我没有好的信仰，脑子有绮丽幻想

在生命歌里，将一无所有

我不害怕，人生何其短

但是我恐惧一切终必要成空

时光的河，悠悠地唱

告别了今天仍不知忏悔

……

　　或许是以前并不理解时光所带来的伤害，或许是现在渐渐明白"终必要成空"，不过老歌最容易唤起往日而徒增惋伤，那时如此年轻、如此悠哉的我，有今日可羡的愚骏。

　　洗毕碗碟，煮一杯咖啡，说是台湾咖啡，我看多半是假，再配一片比利时黑巧克力，我看也是假。黑色的河是扎伊尔德（萨义德）的东方之旅，也领我走向神秘的精神之境。

　　下午二时三十分，正可开始读书。

　　《木天禁语》《诗学禁脔》都不太好，据说"脔"是猪颈肉，那不是很腻吗？但《二十四诗品》是好的："娟娟群松，下有漪流。晴雪满竹，隔溪渔舟。可人如玉，步屟寻幽，载瞻载止，空碧悠悠。"这样清奇寥然的散步正属于我避开新年气氛的向往；而"青春鹦鹉，杨柳楼台。碧山人来，清酒深杯"的活泼，正宜今日的晴光。读书还不错，但做研究是苦的，"世间安得双全法，不负如来不负卿"？

　　载浮载沉，并无特别所思所悟；抬头斜阳已深，想到昨天晾的衣服应该收了，往阳台一摸还相当潮湿，毕竟连续寒雨数日，微弱的阳光没有什么效果。搬来除湿机，将收下来的衣服置前除湿。感到一丝倦乏，沉坐在沙发上，台北静得出奇，一只无名小鸟的啁啾特别清亮，花猫走过对面矮屋的瓦顶，前方远东大饭店辉煌的灯亮了起来，多少人在华灯之下，多少人在华灯之外？收起冥思，准备晚餐。

鸡汤、培根豆苗、炒牛肉丝，一面打开"网乐通"。这免费的机顶盒有新闻和电影，新闻还是那么无聊，莎拉波娃打入澳网决赛了，其实我觉得她比不上格拉芙甚或辛吉斯。开一瓶海尼根[1]吧！转到电影台，选了《黑色大理花悬案》[2]，这是詹姆士·艾洛伊（James Ellroy）的小说改编的，不过电影冗长乏味，演员卖力却怎么也表现不出书里悬疑糜烂的气氛，不过也算非常用心的美国片。心里颇感懊悔应该选看《变形金刚》，合法的暴力，快意的开火，打打杀杀有时反而是最没有压力的。

关掉电视，收拾杯盘，洗完澡又是睡眠的时间，上网看一下电子信箱，脸书上多是大吃大喝的照片，国外的雪景，冷笑话，如果人类的文明也有疲倦的时刻，那么应该是现在吗？忽然想起还没有仔细读从博客来买的书《云雀叫了一整天》和《伪所罗门书》，我不知道那样的文字该称为诗还是随笔或散文，形式

1　即喜力啤酒，台湾译为海尼根。——编者注
2　也译作《黑色大丽花》，由小说改编，小说作者詹姆斯·艾罗瑞，台湾译作詹姆士·艾洛伊。——编者注

其实是不必要的，但不能缺少观点：

　　偶有鸦啼数声，除此别无扰音
　　乌鹊飞来啄食野枇杷，那是季节

　　可不是吗？我的寂静，静里的灯，灯光橙黄地染色一首荒远的诗，除此别无扰音，也是我的季节。
　　梦见了妻子，我们在路边一个简约的公园坐下，仿佛在等待着什么，周围的草色鲜绿，市容繁忙。忽然转醒，黑暗中手表轻微地响着，浮现心中的是睡前最后读的段落：

　　你这样吹过
　　清凉，柔和

　　再吹过来的
　　我知道不是你了。

　　好像有冰冷的风从窗隙渗入，每一个门窗上的锁都在暗中冰凉而警觉，但一日仍这样被轻轻带走，在我森严的心里永恒地远去了。

回忆

—Touch me, it´s so easy to leave me

All alone with the memory of my days in the sun

If you touch me

You´ll understand what happiness is

Look! A new day has begun.

夏日的漂鸟飞去，远方在西风里游唱。细数生命里的波光浪影，谁能无叹于暗中泄露的时光，静美如斯，痛苦亦如斯。

文学源自追忆，这不仅是指文学的内容全然是对过往生命的留恋与怀想；更是指文学的目的，旨在唤起我们对旧时光的惆怅而言。后人喜爱唐朝诗人杜甫的作品，是因为他极善于表达他对美好盛世的追想，以及诉说人间不能永恒静止在刹那里的感伤；他或借着一段流落的舞蹈、一阕春日的清歌、一笼朱圆的樱桃，来消遣半生不幸的寄寓与乎对昨日帝国繁荣的念想。这不仅是个人的沧桑，也是人类心底普遍的一叹，因此读其诗感到亲切，感到动容，原因便在他不止耽溺于自我，而是透过书写回忆，含蓄地提醒读者：你也该有一些什么昨日的缅怀吧……

回忆，是弱者，是失败者的灵药与鸩毒，莫泊桑写《梅吕哀》(*Menuet*)，里面古怪的老舞者日日在旧宫废园演习失传的宫廷舞，以此自娱自负，诡异中满是悲凉，回忆让他们暂时生存，亦使他们永远死亡。而张爱玲《金锁记》里那个把自己想象成是一个美丽的、苍凉的手势的姜长安，不是也爱在半夜吹 *Long Long Ago* 的口琴吗？

回忆创造了文学与所有的艺术，但凭借人脑，回忆经常莫名地被扭曲、被美化，甚至被删除得无影无踪，因此文字与图画是我们留住回忆的第一个方式，随着科技的进展，影像与声音可以更牢靠地收藏在匣子里，而当今的科技，多多少少也是特别为了保存回忆而创造出来的。我们把那些人脑无法负担的无聊会议录进一支笔中，将那些特定岁月里的笑容数字化以防潮霉风化，将转瞬即逝的点点滴滴存在镜头的像素里，这一切不过是为了方便我们一再回放、一再回味与一再叹息而已。但相对于旧时对一张老照片的珍重，便利的科技反而淡化了省思"回忆"之于人生或艺术的意义，也让我们拙于在心底弥漫慢慢翻开、慢慢追索、慢慢想起的温柔。手机里随照即删的笑影，计算机桌面每日更换的心情，我害怕我们自以为安心地将往日里点点滴滴的情怀、妄念，与际遇里或长或短的悲喜全交付机器，而我们终有一天不再能透过自己想起，某一个下午风帘展动的年轻，或是永远消失在月光下的跫音。

但我还是执着地随手拍下这个城市跨年的烟火，拍下公园的散步，桌上丰盛的晚餐，夸张的广告牌和装置艺术，浮华而飞扬的太平盛世仿佛处处都值得诉说都值得留恋；也许等这一切某天同成泥灰了，我们还能透过存在硬盘里的档案想起一些灿烂一些恩典，以及一些可笑可悲的失去，就像那英文歌里唱的，"如果你触摸我，你将明白快乐是什么"。

对于回忆，的确，那是一种轻触和抚摸的感觉，而回忆里的快乐，是静止在影光里的喧哗，是明白了什么的清澈，像秋风里远去的漂鸟，是一颗易晞的泪。

却顾所来径

暮从碧山下，山月随人归。却顾所来径，苍苍横翠微……

　　人生总是慢慢从追寻，转变为向往。渐渐安于现实，甘于妥协，接受属于与不属于自己的一切。那些少年时热烈的渴求、自我期许的目标和理想的生活形态，逐一退为心底遥远的风景，隔着时间的河岸日益朦胧，像隐没于大雾的海外洲岛，纵使罗盘指出了它的方位，但在生活浊浪的磨损下，人生这艘疲乏的小船，已没有追求的勇气与征服的力量了。

　　从阳明山腰望向台北，灰河蜿蜒，群楼起落，红尘扰攘的世界成为一幅宁静的风情画，徜徉于午后的风里，总是想着竞逐与占有的心也在此刻息止。受到传统文化陶冶的知识分子，无论庙堂鼎鼐或是奔走草莽，心中总是怀抱着一方山水田园，种菊养鹅，读书赋诗，在清冷的世界感受大地的丰饶，体会宇宙大化的神秘与恩典。不只是陶渊明、范石湖如此，学贯中西的林语堂先生亦谓："我要一小块园地，不要遍铺绿草只要有泥土，可让小孩搬砖弄瓦，浇花种菜，喂几只家禽。"

如今距离林先生逝世已届三十年，他的这么一小块园地，还在阳明山麓上。

流连于此，那些他也曾相对的青山流岚还是变幻无定，而眼底的台北高楼却已蔚然成林了。这爿小小的宅院外观有着地中海的风情，白墙石柱，拱门矮阶，表现着西方文明闲适优雅的高贵；穿过回廊，走进房中，那幅墨竹，那匹昂首的奔马，又表现了中国文人谦冲自牧却胸怀万里的性格，成架的书册，案上的台灯与打字机，仿佛都在等着散步回来的主人继续完成他的书稿，恬静之中，自有气度。

简约却带有迷人风采的小世界正是一个文人心灵的表征，他的人生一如文章，毋需过多的修饰而自然地贴近人心，看似轻松却在最小的细节上都不肯有一丝的苟且。相对于那些贪官富贾的珠光宝气与故作风雅的俗不可耐，林语堂先生的故居乃以真实学养散发生活的光彩，在素朴中展现了气度与识量。台北厌饫富贵，腻烦辉煌，所少的正是涵养与沉淀，真诚与朴实。林先生不仅在文章上留下珠玑，在生活上亦以其风范启迪着今世。

俯拾旧迹，夕曛满屋，我想我的人生如果还有向往，也许就是这样的心灵和生活，所有的喧嚣都将止于此地幽木以及桌灯所散发的淡淡光晕。"暮从碧山下，山月随人归。却顾所来径，苍苍横翠微……"读着林先生手书李白的诗句，我想他也许是在山居的日子里回顾了自己，东西文化，宇宙文章，都是那一片在初月下苍茫的山色。

　　是该离去的时候了，我默然地想起林语堂在名著《苏东坡传》中的最后一行话："他的名字只是一段回忆，但是他却为我们留下了他灵魂的欢欣和心智的乐趣。"有这样山腰上的家，有这样深邃的暮色与灵魂，林语堂在台北，应该是极其喜乐的吧！

橄榄树

为了天空飞翔的小鸟，

为了山间清流的小溪，

为了宽阔的草原，流浪远方，流浪……

雨水、尘灰、凌乱的建筑、车声喧哗、虚伪的洋式咖啡馆、政治黑头车里的秘密、男女寂寞与焦躁的心，对于台北，你还能记忆什么？古道的苍苔、青山的闲望？对我来说，台北是回忆之都，是一张挂在时间黑墙上的手洗老照片，记录了光阴，却也渐渐为岁月冲淡了试图留住的痕印，在褪色的苍黄里，台北仿佛一片少年时夹在诗册里的菩提叶，曾经那样鲜明地绿过，那样深刻地黄过，如今只剩棱棱叶脉，残存着成长中的风声、细微的梦想、淡成一片远方晴空的怀念。

多年来我是如此确实地住在台北，住在她的呼吸与步调中，窗台上的荣枯与橱窗里的折扣随时提醒我有关她的四季，新落成的建筑与黯然败选退出角逐的政客也暗示了所谓的年岁兴衰。我在其中开学、考试、讲演、结业,默默地享有一条街道的繁华,也淡淡地感受一方公园的寂寞;苦的雨水、甜的声音,我与台北像契合的大小齿轮,终日旋转而成为时间,从原点到原点而写完了生命。也许这是生长于斯的所谓宿命,但我也不禁想象,那些远方来此寻梦的旅人,是否也在这潮湿、庸俗与略带沧桑的盆地里,惯于台北温柔的晨昏,习于台北迟疑的寒暑?

行过和平东路的一排橄榄树,油绿而坚的枝叶在烟尘中毫不起眼,就像那些来自他方,为了一个人生梦想而汇聚于此的异乡人。这时我总想到李泰祥的《橄榄树》与齐豫的歌声:

> 为了天空飞翔的小鸟,
> 为了山间清流的小溪,
> 为了宽阔的草原,流浪远方,流浪……

于是人生就成了流浪的故事,跫音化作和弦,追逐风一般的梦想,流浪远方,流浪。

但台北没有飞翔的晴空,没有山间的清流,更没有宽阔的草原。我慢慢地看见,在一样拥攘的人群中,总有一些目光显得陌生,他们略带好奇打量台北欲望的纵深,换算成心底故乡的尺度,盘算如何济渡那些人潮那些虚妄的繁华,如何站稳足跟,乃至于进取与征服。因此我知道他们是为了那梦中的橄榄树而来,以一种全然不同于我的角度感受入夜时的华灯,谛听黎明时分由远而近的声响，享有每一份食物……命运注定了我们的相遇，却也注定了我们对这个城市，必然存在的差异诠释，在当下，在许多许多年后。

台北的行道树十分多样，菩提、小叶榄仁、枫树、樟树、榕树、阿勃勒、茄苳……它们，有些本土有些洋化，代表了不同年代的城市美学观点，却给了路人一样的四季与清凉。但和平东路上的橄榄树只有短短一列，不知是谁在何年所种下的，据说每年也有累累的结实。啊！梦中的橄榄树，如果有一天我也成了异乡人，请为我在叶隙筛下晴空，引领我躺在清溪旁，并给我一片雨季过后就是旱季的草原，还有弦声与歌，安慰我对生长我的城市那遥远的思念。